PASCAL DESSAINT

Le chemin s'arrêtera là

RIVAGES/THRILLER

Collection dirigée par François Guérif

RIVAGES

Retrouvez l'ensemble des parutions
des Éditions Payot & Rivages sur

payot-rivages.fr

106, boulevard Saint-Germain – 75006 Paris

Pour Gérard et Henri

Ah bien ! On rencontre des êtres qui sont nés pour souffrir.

Émile ZOLA

Quand le meurtre ne vous fait pas reculer, alors le mensonge, la tromperie, plus rien d'autre ne vous arrêtera.

Jim THOMPSON

TABLEAU I

1

La méchanceté

Louis

J'aimerais raconter le vent qui mugit dans l'acier, et puis notre méchanceté. La méchanceté est en nous, tout particulièrement. Parfois, je me demande si ce n'est pas plus justement de la cruauté. Est-ce de la méchanceté ou de la cruauté quand je mets un insecte dans un bocal et que je joue avec lui ? Je choisis toujours un gros scarabée. Il ne cherche pas tout de suite à s'enfuir, à s'envoler. Il fait le tour du bocal que je secoue. Il essaie de grimper sur le verre. Ses pattes glissent. Il s'épuise. Et après, ça dépend de mon humeur. Soit, je le relâche. Soit, comme j'ai vu faire avec un scorpion dans un vieux film, je le couvre d'un feu de brindilles. C'est là sans doute toute la différence entre la simple méchanceté et la pure cruauté.

Wilfried, à sa façon, est méchant également. Wilfried pêche dans la vague. Il pêche en *surfcasting*. Il aime cette expression anglaise, la seule qu'il connaîtra jamais. Wilfried n'est pas plus riche que nous mais il possède un matériel coûteux. Il s'est privé et se prive encore de tout pour ça, et même s'il a besoin du poisson qu'il pêche, car à l'en croire il ne mangerait pas grand-chose d'autre, il n'est pas toujours respectueux. À marée haute, il pêche depuis la digue. La mer mouille ses pieds en clapotant sur le bitume. Il aligne ses trépieds et ses cannes. Il lance ses lignes lestées de plombs. Après, cela doit dépendre aussi de son humeur. Selon la saison, il remonte des flets, des bars, des soles ou des merlans, et parfois, quand la prise est trop petite, c'est à n'y rien comprendre, il l'arrache de l'hameçon et la jette sur la digue où elle gigote jusqu'à ce que mort s'ensuive, et elle pourrit là et les mouches s'agglutinent, quand ce n'est pas un goéland qui l'emporte. Wilfried pourrait être plus délicat. Cela ne coûterait rien de relâcher le poisson. Si ce n'est pas de la cruauté, qu'est-ce que c'est, à votre avis ?

L'autre jour, nous allions au supermarché, Michel et moi. Dans le ciel gris, les grandes éoliennes tournaient à plein régime. Michel est le frère de ma mère morte mais je n'aime pas en parler comme d'un oncle. Le bus nous avait pris à l'orée de la forêt. Michel préfère ainsi, mais nous devons quand même faire un bout en voiture. Les bus ne circulent pas sur la digue et ça ferait long à pied, surtout au retour, chargés de courses. Cela peut paraître bizarre, mais *comme ça nous voyons des gens*, et puis, il y a son idée sur les choses. « Tu achèteras ce que tes bras pourront porter, rien de plus. » C'est un principe de Michel. Quatre bras doivent suffire pour la semaine.

Comme d'habitude, il y avait cette femme et son enfant. On aurait dit qu'ils choisissaient leur jour. Ce gosse cassait les pieds à tout le monde. Sa mère tournait bourrique. C'était à chaque fois le même cinéma et les gens étaient étrangement patients. Je pensais à lui tordre le cou. Il geignait on ne savait trop pourquoi et sa mère se laissait déborder. Ça n'était jamais arrivé que nous soyons si près. Nous ne pouvions pas être plus près. Nous partagions quatre sièges en vis-à-vis. Soudain, Michel s'est penché et a commencé à parler tout doucement à l'enfant. Il parlait si bas que, j'en suis sûr, la mère ne pouvait pas l'entendre. Michel s'est mis à lui expliquer comment on noyait les chatons. On les fourrait dans un sachet en plastique hermétique, les regardait s'étouffer un petit moment puis les jetait à l'eau avant que ça soit insupportable. L'enfant ne geignait plus. Il semblait envoûté. Sa mère rayonnait, persuadée sans doute que Michel racontait une belle histoire à son gosse. Tous les voyageurs paraissaient soulagés aussi, on aurait presque entendu, malgré le bruit du moteur, les éoliennes fendre le ciel gris. « Et sais-tu, petit, comment on fait avec les mouches ? » Michel a eu alors le geste vif d'attraper une mouche au vol. J'ai failli y croire moi-même. Il a pris l'insecte invisible entre le pouce et l'index. Le gosse a tendu le cou pour voir la mouche. Et soudain, d'un petit coup sec, Michel a arraché une aile, et puis une autre. Le gosse a écarquillé tout grands les yeux. Michel s'est penché un peu plus, il était maintenant pour ainsi dire dans son oreille. « T'aimerais que je t'arrache les ailes, moucheron ? » Le gosse a tourné aussitôt la tête vers sa mère, qui lui a souri, puis il s'est mis à hurler. Nous roulions sous les lignes à haute tension. Nous approchions de la zone commerciale.

J'ignore si c'est une coïncidence mais ce soir-là, Sylvie est passée. Elle était partie, dix ans auparavant. Elle n'était encore jamais revenue. Nous avions rangé les courses. Michel regardait l'horizon, c'était dans ses habitudes le soir, et pas que le soir, la journée aussi s'il n'y avait pas un bateau à la manœuvre dans l'écluse. Nous habitions dans l'ancien poste de commandement. Nous avions une vue imprenable sur toute la côte, vers le sud au-delà de la digue, bien plus loin encore après la maison de la folle, et vers le nord jusqu'à la frontière. Cela faisait justement dix ans que Michel avait été démis de sa principale fonction, pour se voir réduit à un vague rôle de surveillant. Quand, scrutant le lointain, il secouait tristement la tête, je savais ce qu'il pensait. Désormais, toutes les écluses avaient un seul opérateur basé dans une autre vigie qui se trouvait à l'intérieur du port. L'ensemble des manœuvres était dirigé et contrôlé par le truchement de caméras et d'ordinateurs sophistiqués. Michel gardait, et moi avec lui, en tout cas jusqu'à aujourd'hui, le bénéfice du logement de fonction lié à la grande écluse, par où circulaient malgré tout la plupart des bateaux. C'était curieux d'être ainsi favorisés. Ça ressemblait à de la charité. Michel secouait donc la tête. Pourquoi devait-on sans cesse remplacer les hommes par des machines ? Et ces machines par encore d'autres machines ? Est-ce qu'on imaginait que les hommes pouvaient s'en remettre ?

Malgré le vent et le bruit du sable qui crépitait contre les vitres, j'ai entendu une voiture se garer en bas. Michel n'a pas bougé. Une portière a claqué. On a cogné à la porte. Un instant plus tard, quelqu'un grimpait les marches. Sylvie est entrée dans la pièce. Peut-être grâce aux reflets dans la vitre, Michel a compris que c'était elle, ou il a reconnu son pas. Il est resté immobile, dos tourné, et elle m'a regardé, disant : « Bonjour Louis... » Dix longues années avaient passé et elle s'était adressée à moi comme si elle était encore chez elle. Elle avait quitté Michel et maintenant elle était là. « Tu as rudement grandi... » Mes souvenirs étaient confus. Je ne me rappelais pas trop son allure mais je la reconnaissais. Je n'avais alors que six ans. Ma mère venait de mourir et c'était peut-être bien en partie à cause de Michel. Il y avait eu cette dispute un soir, et c'était allé si loin que ma mère, malgré la nuit, avait refusé que Michel la raccompagne chez nous, ou bien c'était lui qui n'avait pas voulu, je ne savais pas. Ma mère m'élevait seule. Ma mère aurait aimé être institutrice. Ma mère s'était fait faucher par un camion citerne au milieu de la forêt.

Sylvie a demandé si elle pouvait s'asseoir et elle s'est assise sans que nous lui répondions. Nous avions rangé correctement les courses dans les armoires mais Michel a rouvert les portes pour compter et déplacer les denrées. Pendant un long moment, Sylvie n'a pas parlé. Pour dire la vérité, il y avait longtemps que je n'avais pas pensé à elle. C'est heureux que certaines personnes sortent bel et bien de votre vie, parce que sinon ça serait surtout du dépit à ruminer, sans savoir comment faire autrement. L'avantage avec les morts, c'est qu'ils ne mourront pas une seconde fois. Avec les vivants, il y a le risque qu'ils reviennent, un jour, même longtemps après, et qu'ils vous perturbent. Je me demandais si Michel pensait parfois à elle. Il ne m'en parlait jamais. De ma mère oui, mais pas de Sylvie. « Michel, elle a dit enfin, tu ne peux donc pas t'asseoir ? Tu ne peux pas me regarder ne serait-ce qu'une seule fois dans les yeux ? » Il s'est installé en face d'elle, à table, mais il n'a pas croisé son regard. Moi, je restais là debout à les observer, me disant que si Michel avait passé toutes ces années à ruminer par sa faute, il se serait mis aussitôt en colère, il l'aurait jetée dehors sans même chercher à savoir ce qu'elle voulait. Mais c'est toujours beaucoup plus compliqué qu'on ne le croit.

Peut-être s'attendait-il à ce qu'elle revienne un jour, après tout. À ce moment, j'ai remarqué la maigreur de ses mains posées sur la toile cirée et, sous le néon qui avait certes tendance à changer la couleur de la peau, l'extrême pâleur de son visage, maigre lui aussi. Était-ce sa nature ? Je ne me souvenais pas d'une grosse femme. Aurait-elle été plus en chair dans ma mémoire que, de toute manière, cela n'aurait rien voulu dire. Quand on est enfant, les adultes paraissent souvent plus imposants qu'ils ne le sont en réalité. C'est de cette illusion que naît le respect pour une personne, un respect qui demeure quelquefois toute la vie.

Sylvie était très malade. Elle s'est mise à raconter ses séjours à l'hôpital de plus en plus longs, les séances de chimiothérapie de moins en moins supportables, la désinvolture avec laquelle elle était traitée parfois. Il n'y avait sans doute plus beaucoup d'espoir. « Ils n'ont pas la délicatesse de te dire gentiment que tu dois te préparer... que ce serait une erreur de s'acharner... Ça sera bientôt ton heure... De toute façon, il faut bien que ça arrive un jour... » Elle s'est tournée vers moi et j'ai eu une grimace comme pour compatir. Michel ne réagissait pas. Son visage ne trahissait aucune émotion. C'était un mur et Sylvie pourrait s'y écraser, s'écrouler et s'humilier. « L'autre fois, l'infirmier qui était chargé de me conduire au scanner m'a oubliée dans un couloir... » J'écoutais Sylvie et je ne parvenais pas à être triste pour elle. Je n'arrivais pas à me l'imaginer sur un brancard, seule dans un couloir à attendre son tour pour le scanner. Son regard, pourtant, semblait dire : « C'est toujours plus cruel pour moi... » Pourquoi venait-elle nous raconter tout ça ? Cherchait-elle à s'excuser de quelque chose ? Cela l'aiderait-elle à partir en paix ? Malgré tout le mal ?

Michel, enfin, a levé les yeux vers Sylvie, et il a dit, aussi étrange que ça puisse paraître, car il n'avait pas encore daigné la regarder : « Je me disais bien que tu avais la peau sur les os... » Ces mots étaient le signe d'une réelle méchanceté. Michel aurait pu dire que, en effet, elle ne semblait pas très en forme, c'était tout de même des paroles plus douces, faisant le constat d'une terrible réalité, mais plus douces, oui plus douces. Je pensais que ça en resterait là. Mais Michel a quitté sa chaise et s'est remis à déplacer les denrées dans les armoires. Je sentais que c'était ça ou cogner la table avec son poing. Il a continué, glacial : « Tu m'as abandonné après l'enterrement de Laurence, tu m'as abandonné et c'était vraiment pas le moment... Il fallait bien que tu le paies en retour... » Il a fait claquer une porte d'armoire, et sans élever la voix il a conclu : « Dans ma tête, Sylvie, depuis longtemps, tu étais déjà morte... »

J'ai suivi Sylvie dans l'escalier. Elle a eu un geste, c'était une tentative de caresse, elle a effleuré ma joue. Elle n'était pas venue seule. Elle s'est dirigée vers la voiture. Un homme était au volant. Il écoutait de la musique en l'attendant. Le vent faisait chanter les haubans du mât qui se dressait sur le toit de la vigie. La fraîcheur du soir m'a surpris. Sylvie s'éloignait et j'avais l'impression d'être témoin d'une mort prématurée. Je ne peux exprimer les choses autrement. Cette image de Sylvie marchant jusqu'à la voiture, c'était quelques pas vers la mort, vers sa mort. Je sentais qu'elle était en train de mourir. Elle était à l'agonie et ça ne me dérangeait pas. Pourtant, j'ai regardé la voiture qui s'éloignait sur le quai, ses feux arrière jusqu'à ce qu'ils se confondent avec les lumières du port. Je suis remonté et Michel a dit : « Je crève de faim, pas toi ? Et puis j'ai soif… Nous allons boire un coup ce soir… Allume la télé… Reste avec moi… » Ensuite, il a parlé de la vie comme elle ne devrait pas se vivre, de tout ce qui nous échappe et ce n'est même pas la peine d'essayer de changer le cours des choses. On n'est pas toujours responsable. On ne sait pas voir. On est aveugle. « Tu vois, Louis, quand une femme aime, c'est pas rien, et il n'y a qu'un homme comme moi pour ne pas le comprendre… »

2

Un monde

Jérôme

Ce n'est pas l'horizon qui nous manque, mais l'imagination. Avec de l'imagination, je supporterais mieux la réalité, je trouverais de la consolation.

Ma maison dans les dunes avait perdu sa belle allure. Elle ne cessait de se dégrader et je n'y pouvais rien, même si je passais mon temps à bricoler. J'avais fini ici que déjà j'aurais dû recommencer là. C'était sans fin. Je vivais au rez-de-chaussée. Je ne montais presque plus au premier à part pour boucher des trous. L'escalier qui menait au grenier s'élevait maintenant en l'air sans plus atteindre le plancher. Sur une poutre, une chouette blanche dormait parfois. Le vent et avec lui le sable s'infiltraient de toutes parts. L'hiver, je pouvais en souffrir beaucoup. Le bois que je ramassais sur la plage ne suffisait pas toujours à me chauffer. Mais j'avais ma perruque, qui me tenait la tête au chaud. C'était une perruque à cheveux rouge et argent. Je la portais des journées entières, même dans les dunes, même l'été. Il m'est arrivé de faire peur à des gens. Un jour, je suis tombé par hasard sur une famille.

J'avais mon fusil et ma perruque et c'est sûr que tout le monde a cru que j'étais rempli de mauvaises intentions. Il y a de meilleurs endroits pour pique-niquer. Je connais des gars qui ne se gênent pas pour chasser à l'affût au milieu des baigneurs. Ils sont sur des pliants à boire des coups derrière leur auvent de paille et surveillent les appelants qui ressemblent grossièrement à des huîtriers-pies. S'il fait mauvais, ils chassent sans être embêtés. Mais s'il vient à faire beau, que soudain la populace déboule et patauge dans la mer, c'est une drôle d'ambiance. Qu'il y en ait dix ou mille, c'est pas eux qui se bougent. Sûr, il y a meilleur endroit. Louis raconte que vers la grande écluse, le sable n'est propre qu'en apparence. Il ne faut surtout pas y enfoncer les doigts. On les ressortirait tout noirs, graisseux. Pourtant, d'un bout à l'autre de la digue, sur plus de sept kilomètres, il y a plein de gens qui étendent leur serviette et se baignent tandis que derrière eux, comme des champignons qui naîtraient des dunes, s'élèvent de monstrueux nuages pas du tout naturels. Ces dunes-là se sont peu à peu reconstituées sur le béton même. Elles créent une sorte d'illusion. C'est un monde.

Difficile de croire qu'à l'endroit exact où se trouvait ma maison, il y avait eu un casino coquet autrefois, et autour de petites masures, une chapelle, des restaurants et même un hôtel. C'était une station balnéaire très courue. De tout cela, il ne restait plus que des éclats de faïence et des morceaux de brique jaune mélangés au sable. Les touristes marchaient le nez au vent sur la plage. Ils venaient en train à vapeur jusqu'à la commune voisine, puis en fiacre jusqu'ici. Les hommes étaient en complet veston, portaient le canotier et la moustache en croc. Les femmes paradaient en toilettes élégantes, se protégeant du soleil sous une ombrelle. J'ignorais si, jeune fille, ma mère avait connu de tels gens, si elle avait servi auprès d'eux comme larbin, je ne le lui avais jamais demandé. Ma mère ne me parlait toujours que d'une période, au demeurant joyeuse, et paradoxalement c'était juste avant que le hameau se vide d'un seul coup de ses habitants et que les industries gagnent tout le terrain. De grandes usines s'étaient dressées dans le paysage aussi rapidement que pousse un roseau. Ma mère racontait souvent ce fameux week-end dans les années soixante. Le casino n'existait plus depuis déjà longtemps, il avait sombré sous les bombardements, mais il y avait cette longue rue où s'alignaient les commerces jusqu'à la mer. Les gens du coin se bousculaient. Ils garaient leur Dauphine ou leur R8 au petit bonheur. Tout le monde voulait en profiter une dernière fois. Il y avait un bazar ! Dans mon beau pull-over tricoté main, j'avais mangé une glace plus grosse que moi, à ce qu'il paraît. Ceux qui essayaient d'imaginer comment ça serait après étaient forcément loin du compte.

Mes parents avaient eu ce coup de folie au lendemain de la guerre. Au milieu de nulle part, ils avaient construit une maison. Les dunes étaient blanches alentour. Les argousiers ne s'étaient pas encore répandus comme du chiendent. Mes souvenirs étaient vagues et aujourd'hui j'avais l'impression que les années avaient passé à une vitesse anormale. Nous n'avions pas été heureux longtemps. Mon père n'avait pas survécu à un accident sur le port et ma mère avait vieilli tandis que je renonçais à certaines ambitions pour m'occuper d'elle. Comme soudeur, j'avais alors de l'avenir. J'aurais aimé me faire embaucher sur une plate-forme de forage. Je rêvais de vivre sur la mer, au lieu de quoi j'avais été un bon fils, me résignant à l'idée que jamais aucune femme sensée ne m'accompagnerait dans cette vie. Ma mère n'imaginait pas mon sacrifice. Je ne parvenais pas à lui en vouloir. Bien sûr, sa santé déclinait mais elle s'accrochait à la vie, et sa maison s'affirmait sans qu'elle s'en rende compte comme le rêve brisé d'où elle ne parviendrait plus à s'échapper. Un chemin de sable et de gravats nous reliait à la route à travers les dunes. On y poussait péniblement un fauteuil roulant.

Alors que je marchais vers la forêt, ma mère me regardait de derrière ses carreaux, appuyée sur son déambulateur, le coin de l'œil humide, la lèvre presque bleue. J'avais déjà cinquante ans et elle me faisait encore signe de la main comme quand j'étais mouflet. Ça me tordait un peu le cœur. « Le dîner sera prêt quand tu rentreras... » J'entendais encore sa voix. « Tu peux me rapporter du pain ? » Je lui disais toujours qu'elle n'avait pas besoin de me le rappeler, je n'avais jamais oublié. « Fais attention à pas te blesser... » C'était mieux de ne pas y penser.

J'avais ce problème, un problème de priorités, qui engendrait d'autres problèmes, mais ce n'était plus à mon âge que ça changerait. Tout de même. Il y avait tant à faire dans la maison que c'était à se demander pourquoi j'avais décidé de crépir un mur extérieur, plutôt un bout de mur. J'avais arrêté le chantier. C'était après deux jours que j'avais constaté que le crépi disparaissait au fur et à mesure. Si je n'arrive jamais au bout de quoi que ce soit, c'est que les éléments jouent contre moi, et je ne pense pas seulement au vent qui arrache le sable des dunes, et même déplace les dunes tout entières, du moins il semblerait. Pourtant, ce mur n'était pas sous les vents dominants et ça ne pouvait pas être le sable, pas plus que la pollution qui rongeait tout, car à ce train-là elle nous aurait tous bouffés depuis longtemps.

Louis et moi, nous inspections le mur. Louis avait surgi des dunes comme à son habitude. Il n'était pas midi. Il voyait bien que j'étais contrarié. « Ça ne serait pas quelqu'un qui te ferait une blague ? » Il voulait dire que quelqu'un s'amuserait à venir gratter mon crépi la nuit, pendant que je dormais ? Il n'était pas tombé sur la tête ? Non, et puis le crépi gratté aurait formé alors de petits monticules par terre. Du crépi qu'on vient d'étendre, c'était pas le genre de chose qu'on vole. Un sac de ciment, je ne disais pas. Il y avait bien des malappris qui avaient écrit des trucs bizarres sur ma maison, mais ça faisait une paie, et depuis c'était tranquille. Tout cela était très étrange.

J'ai sorti de quoi manger, du pain, de la terrine de garenne que je préparais moi-même et un bocal de salicorne. J'ai demandé à Louis s'il avait revu Gilles, et il a répondu que non. Gilles était un fieffé menteur. Gilles prétendait qu'il voyait souvent des phoques sur les bancs de sable du côté de la centrale nucléaire, et ça mettait Louis en colère. « Toi, tu as ton faucon, de quoi tu te plains ? je le consolais. Il ne faut pas se plaindre. On est déjà trop à plaindre… » Pendant un petit moment, Louis a scruté l'horizon. Un vraquier était à l'approche. Dans vingt minutes, à tout casser, il serait à la grande écluse et ça ferait une occupation pour Michel. « Il ne s'est pas bien comporté hier soir… » J'ai froncé les sourcils. « Avec toi ? » Il a secoué la tête. « Non, il n'a jamais été méchant avec moi… » Louis m'a alors raconté la visite de Sylvie. C'était à cause d'elle que je ne parlais plus à Michel. Je m'étais mêlé de ce qui ne me regardait pas et l'orgueil m'avait empêché de le reconnaître. J'ai écouté Louis et j'y ai dit : « Nous nous faisons du mal. Nous ne savons pas nous faire du bien. Nous n'y avons pas été habitués. Et puis l'ambiance n'est pas favorable. »

Après manger, j'ai piqué du nez et somnolé, jusqu'à ce que Louis me secoue. « On y va ? » C'est un peu pour la forme que j'ai râlé, et en faisant la grimace, en plus, quand il a demandé dans la foulée : « T'enlèverais pas ta perruque ? » Comme si ça changeait quelque chose. « Quoi ? Je te ferais honte ? »

Nous avons remonté cahin caha le chemin de sable et de gravats, puis la route jusqu'à la petite écluse. Cette écluse-là faisait la séparation entre le bassin minéralier et le canal qui filait jusqu'à l'avant-port. Ce canal avait été creusé au faux prétexte d'assurer la sécurité de certains bateaux par gros temps. La vérité, c'est qu'à la fermeture des chantiers navals, on avait lancé cette construction pour apaiser la colère de la population, des élus en particulier qui devaient contenir cette colère et, bien sûr, étaient conscients du manque à gagner. Il ne fallait pas me prendre pour un imbécile. L'idée, c'était de montrer que si on fermait une usine, ça ne voulait pas dire qu'il n'y aurait plus de travail. Ça ne serait plus le même travail, peut-être, mais il y aurait encore du travail. On avait ainsi sacrifié le dernier endroit un peu sauvage. Ce canal était long et large et, pourtant, je n'y avais jamais vu naviguer que des péniches et des barges. On ouvrirait toujours des chantiers pour occuper les gens, de même qu'on construirait toujours des usines. On n'avait pas toujours besoin de ce qu'on fabriquait dans ces usines.

Une fois franchie la petite écluse, on voyait mieux la forêt. C'était une forêt d'un genre particulier car si un arbre y poussait, il avait vraiment beaucoup de mérite. Sur des dizaines d'hectares s'étendait l'usine où j'avais travaillé. S'imbriquaient des fours, des tours, des cheminées, des cigares et des sphères. Couraient dans tout ça des centaines, peut-être même des milliers de kilomètres de tuyaux et de tubulures. La plus haute tour de distillation culminait à soixante mètres. « Je bossais quelque part par là, j'ai lancé alors que nous approchions de l'enceinte, à l'unité d'éthylène, et je n'en suis pas mort… » Louis ne me disait jamais que je radotais, il soupirait seulement si je partais dans de grandes explications techniques. Pour lui, le boulot, c'était abstrait, et ça le serait sans doute une bonne partie de sa vie.

À chaque fois, c'était pareil, j'avais plein de souvenirs qui remontaient, et ce n'était pas que des mauvais. Il n'y avait pas un copain qui se plaignait de travailler là. Nous nous sentions utiles. À notre époque, on avait besoin de plastique, alors nous produisions du plastique, toutes sortes de plastique. On n'en aurait pas eu besoin que nous en aurions produit quand même, rien que pour préserver nos emplois. Il y avait toujours des hommes à la tâche. L'usine tournait en permanence. Ça y allait ! La nuit, c'était très beau. Toutes les unités étaient enguirlandées d'ampoules et ça brillait comme mille arbres de Noël. Et c'était encore plus beau en plein torchage, quand il y avait un risque de surpression et qu'on brûlait les gaz. Les torchères crachaient de magnifiques nuages de feu qui se voyaient à des dizaines de kilomètres à la ronde. L'hiver, dans le périmètre, la neige ne tenait pas, on ne pouvait pas prendre froid.

Nous avons gravi la butte qui avait été élevée en sécurité autour de l'usine, à bonne distance de la clôture. Aucun homme n'était visible et c'était normal. Couchés dans l'herbe, nous avons commencé à scruter le fouillis de métal, l'inextricable tuyauterie, les innombrables plates-formes, passerelles et échelles à crinoline. Je m'amusais de voir Louis aussi attentif, ce n'était pas une qualité qu'il avait à l'école, quand il y allait. Mes cheveux rouge et argent volaient au vent. Nous étions deux pauvres bougres, un jeune et un vieux, pauvres mais pas miséreux. Nous avions tous deux un problème de mère, la sienne était morte trop jeune et la mienne avait vécu trop longtemps. Je préférais penser à l'usine. Ça serait de notre faute, le réchauffement de la planète, à cause de nos industries, mais je n'y croyais pas, ou bien si, je voulais bien y croire, mais je me demandais comment on aurait pu faire autrement.

J'étais persuadé que le faucon avait choisi comme poste d'observation une plate-forme de la plus haute tour. C'était ce qu'il avait fait l'année passée. Les animaux comme les hommes ont leurs habitudes. Nous avons attendu en silence. Ça serait un cadeau. La vie en fait parfois. « Là ! » Louis a tendu le doigt dans une direction forcément imprécise. « Tu le vois ? » Son regard brillait. Que l'oiseau se remarque aussi nettement dans ce décor avait quelque chose de magique.

Soudain, le faucon avait jailli du métal et des haubans. Nous avons tourné la tête pour voir ce qui l'avait poussé à sortir des entrailles de l'usine. Des pigeons voyageurs traversaient le paysage à tire d'aile. Ils formaient un petit groupe compact. Ils s'en venaient de la centrale nucléaire. Ils volaient plutôt haut. Ils auraient rasé les dunes que ça n'aurait sans doute rien changé. Le faucon s'est élevé rapidement dans le ciel. Les pigeons n'étaient pas encore sous lui, mais ils le seraient bientôt. Cinq secondes peut-être avant que ça se produise, et c'était là une chose calculée, le faucon a replié ses ailes, puis il a plongé en piqué. Les pigeons se sont dispersés. Il y a eu comme une détonation suivie d'une explosion de plumes. Déjà, le faucon reprenait de la hauteur, un pigeon mort entre les serres.

Louis s'était remis debout pour ne rien rater du spectacle. « Tu as vu ça ! » Cela lui semblait incroyable d'avoir obtenu aussitôt ce que nous souhaitions. En général, nos envies étaient plutôt dures à satisfaire. Il a secoué la tête, disant : « Je ne pourrais jamais le dégommer même avec un lance-pierres... » Ça m'a fait rire. Ce faucon était la preuve que mon usine n'était pas mauvaise pour la nature. Louis serait bien allé y voir de plus près. Seulement, tous les oiseaux étaient maintenant loin. Les pigeons rescapés avaient tracé plein nord. Le rapace et sa proie, eux, avaient disparu dans les dunes, de l'autre côté du canal inutile.

3

Du camping sauvage

Cyril

On existait pour exister. Je m'étais posé là dans un creux, pas loin de la petite écluse, au bord du bassin. Les oiseaux aussi trouvaient refuge de ce côté de la digue. Ils n'avaient sans doute pas d'autre choix, comme moi. À certains moments de l'année, ils étaient très nombreux. Ils venaient du sud ou du nord. Ils faisaient étape. Ils étaient affaiblis par le voyage. Ils se cachaient pendant le mauvais temps. Ils se laissaient porter dans l'eau grise et soudain plongeaient pour réapparaître je ne savais jamais trop où. Wilfried m'avait appris que c'étaient des grèbes, des plongeons, des harles et aussi des pingouins. J'avais cru qu'il se moquait de moi. Et puis il m'avait expliqué, très sérieusement. Il y avait un monde entre pingouin et manchot. L'un savait voler et pas l'autre. Qui pondait son œuf sur une falaise, qui sur la banquise. Ils se partageaient en outre la planète, à chacun son hémisphère. Bref, ce n'étaient pas du tout les mêmes volatiles. Nous, c'étaient des pingouins tordus ou tordas, je ne savais plus. Ils étaient épuisés et flottaient dans les vagues comme de petites saloperies en plastique. La différence de taille entre eux et les minéraliers amarrés de l'autre côté du bassin était invraisemblable. Sept cents grammes de chair et de plumes ne pèsent pas lourd à côté d'un monstre de cent soixante-dix mille tonnes. « T'as là, grognait Wilfried, un raccourci aberrant de l'évolution... » Je ne comprenais pas trop ce qu'il voulait dire. Je pensais que ces oiseaux étaient toujours passés par ici et que cela avait dû être un choc quand un jour, à la place d'un beau rivage, ils s'étaient retrouvés devant une usine horrible, avec ses kilomètres de quai, ses portiques géants et ses grosses cheminées qui crachaient leurs vilaines fumées.

J'avais mis ma caravane à cet endroit parce qu'il y a des histoires qui se terminent dans des chemins de ronces, ou ça y ressemble fortement. Je faisais du camping sauvage en zone industrielle. Et qu'on ne vienne pas me dire que je n'avais pas le droit d'être là. Je n'avais plus de raison d'être ailleurs et ce n'était pas ma faute. La mer m'emporterait avant que quelqu'un ne vienne me dire quoi que ce soit, à mon avis. Je m'étais pourtant relié au réseau électrique de façon illicite. Pour l'eau douce, c'était plus compliqué, il fallait qu'on fasse pour l'essentiel avec les bouteilles que Mona rapportait du supermarché. Heureusement que Mona bossait. Elle prenait le bus tous les matins au milieu des usines. Je ne sais pas ce que j'aurais fait sans elle. J'allais à sa rencontre le soir pour la soulager du poids des courses. Elle se faisait aider au départ de la ligne et moi je l'attendais à l'arrivée avec ma mobylette équipée de sa petite remorque. J'aurais pu trouver un arrangement avec Jérôme, pour l'eau. Ce n'était pas une question d'argent, ça ne m'aurait pas coûté beaucoup, mais de fierté.

Quand je n'observais pas les oiseaux de mer, je passais des heures à regarder travailler les autres. Des remorqueurs guidaient le navire contre l'usine pour l'accostage et une fois cette manœuvre terminée, le déchargement commençait. Des portiques plus hauts que des clochers de cathédrales roulaient sur le quai, passant de cale en cale. Des mâchoires d'acier arrachaient au ventre du bateau des dizaines de tonnes de minerai à la fois. Ensuite, sur le quai, d'autres machines prenaient le relais. Des excavatrices et des sauterelles géantes distribuaient le minerai sur des bandes transporteuses qui conduisaient au parc de stockage. De là où j'étais, pourtant à des centaines de mètres à l'autre bout du bassin, j'entendais le fracas du métal et le concert des sirènes qui signalaient le mouvement des engins. Un bateau se vidait en moins de deux jours. Plus il s'allégeait et plus on voyait de surface peinte en rouge sous la ligne de flottaison. Tant que des minéraliers accosteraient là, je ne perdrais pas totalement espoir. C'est pas que ça déborde encore, me disais-je malgré tout, mais à force de creuser, et de mettre au-dessus tout ce qui était en dessous, on va finir par baigner dedans.

« Tu ne devais pas m'attendre à l'arrêt de bus ? Tu te souviens que c'est le jour du gaz ? » J'ai tourné la tête, surpris que Mona soit déjà là, mais c'était l'heure, elle se tenait debout près de moi, les bras chargés de courses, des mèches de cheveux collées sur son front. « J'ai laissé la bonbonne à l'arrêt... » Elle a dit ça comme on s'empêche de mordre, puis elle a grimpé sur le marchepied instable et s'est engouffrée dans la caravane.

Ça ne m'arrivait pas souvent d'oublier, mais ça m'arrivait. Sans chercher à me justifier, j'ai attaché la remorque à la mobylette et puis je me suis mis en route. Ça grimpait un peu jusqu'à l'écluse, mais après c'était tout plat. L'arrêt de bus était à moins de trois kilomètres et, c'est sûr, Mona n'aurait pas pu porter la bonbonne toute seule. À ma droite, il y avait le vapocraqueur où Jérôme avait travaillé, une zone infecte hérissée de cheminées qui rougeoyaient la nuit, et à ma gauche les premiers bacs de stockage de la raffinerie de pétrole où j'aurais pu faire toute ma carrière. Je bossais aux lubrifiants. Pardon, mais j'étais bien placé pour me faire niquer. Je n'avais pas eu comme Jérôme la chance d'aller jusqu'à la retraite. La consommation de carburant avait baissé à cause de la crise. Une raffinerie tournait en trop, d'après les experts. Il avait été nécessaire d'en fermer une. Pourquoi celle-là et pas une autre ? Je n'avais pas la réponse. C'était une décision que je ne digérais pas. Comment on trompait les gens ! C'était toujours très haut que ça se décidait, et toujours au détriment des plus petits, tout en bas. Moi, je voyais encore autant de voitures sur la digue, et parfois des grosses, et qui n'étaient pas forcément conduites par des riches. Qu'on ne vienne pas me raconter de sornettes. Les salopards… Dans le meilleur des mondes, on ressortirait les guillotines. Ce n'est plus les châteaux en pierre qui seraient pris d'assaut, mais les tours vitrées des multinationales. Je saisirais certains gros bonnets à pleines couilles et leur ferais recracher tout ce qu'ils nous avaient pompé.

Derrière la raffinerie, les éoliennes immenses battaient les nuages lents et gris. C'était là l'image d'une hypocrisie parmi d'autres. Le pétrolier lui-même, sûrement subventionné, les avait fait installer pour assurer son autonomie électrique et limiter son impact sur l'environnement. On nous faisait avaler de ces couleuvres. La bonbonne de gaz était toujours à l'arrêt de bus. Qui l'aurait prise ? On pouvait s'attendre à tout. Je me suis assuré qu'un camion ne me suivait pas puis j'ai fait demi-tour sur la chaussée. J'ai mis la béquille et chargé la bonbonne sur la remorque. C'était sûrement le chef de Mona qui avait porté la bonbonne du magasin au bus. Le ferait-il encore si elle avait été moins jolie ? Ça rendait service. C'était possible qu'il attende une faveur en échange. On n'avait pas fermé toutes les raffineries et j'étais tenté de rester un peu là pour respirer la bonne odeur d'hydrocarbure qui traînait dans l'air. Quelquefois, il y avait une alerte et on bloquait les routes. Ce n'était jamais grave. Enfin, c'est ce qu'on disait. Mona en avait plein les bottes et c'était mieux que je rentre. Je suis remonté sur ma bécane et j'ai repris le chemin de notre caravane.

Notre caravane n'était pas une grande caravane. À chaque bout, de part et d'autre du coin cuisine, il y avait pourtant un espace avec banquettes et table convertibles. Au fond, c'était la chambre. Nous n'y touchions plus. C'était plus pratique de partager le même couchage. Nous tirions le rideau. L'autre espace faisait salon et salle à manger. On pouvait s'y tenir à quatre mais cela n'arrivait jamais. J'avais rangé la bonbonne de gaz dans un coffre à l'extérieur et je lisais le journal pendant que Mona préparait le repas. Je n'avais pas souvent le journal du jour. Mona en récupérait plusieurs à la fois et ils dataient, la plupart du temps. Ça m'était bien égal. Si quelque chose de grave s'était produit, on n'y pouvait plus rien de toute façon. Si une usine là autour devait exploser, j'étais aux premières loges, ce n'est pas par le journal que je l'apprendrais. Qu'il en saute une ailleurs, je n'en aurais que faire. Ailleurs, on se moquait bien de moi ici bas.

Avec le temps, j'en étais arrivé à ne plus lire que la rubrique nécrologique. J'y retrouvais des copains, des gars qui parfois m'étaient sortis complètement de l'esprit. À presque tous les coups, j'estimais qu'ils étaient trop jeunes pour mourir. Je ne savais pas si c'était à cause de la qualité du papier ou quoi mais sur les photos il semblait toujours qu'ils étaient plus vieux que leur âge. Je me disais qu'une fois de plus, j'étais passé à côté, ou plutôt qu'un autre y était passé avant moi. C'est pas toujours les plus mauvais qui partent les premiers. Ça me faisait évoquer certains souvenirs. Ça ressemblait à du radotage et Mona ne m'écoutait que d'une oreille, ou elle disait, comme pour me gronder : « Tu n'as pas bientôt fini de t'occuper des morts… » Je lui renvoyais qu'elle n'avait pas connu untel ou untel et qu'il méritait bien une petite pensée, un hommage. « Quand ça sera mon tour, qui se souviendra de moi ? » Je disais ça mais j'espérais bien être le dernier debout.

Mona a glissé le plat sur la table. J'avais la meilleure place. Je pouvais continuer à observer le bassin et ça évitait de nous regarder un peu trop dans le blanc des yeux. J'avais aussi un œil sur la télévision installée dans l'angle. C'était l'heure où des journalistes rabâchaient certaines nouvelles en donnant à croire que ça préoccupait la majorité d'entre nous. Les naïfs pouvaient se laisser prendre. Qu'ils radinent un peu par ici et ils verraient comment la vie était vraiment, et c'était aussi digne d'intérêt qu'à l'autre bout de la planète. Ce soir, la présentatrice était plutôt bien faite, mais ce n'était pas sa beauté qui nous ferait avaler toutes les abominations du monde.

J'ai rempli mon assiette. Mona avait préparé une sorte de ratatouille et une côte de porc aux oignons caramélisés. C'était bien que Mona fasse la cuisine. Tout seul, j'aurais mangé des boîtes de conserve, du maquereau à la tomate, des choses comme ça. « Ça t'arrive souvent d'oublier pour le gaz… » Elle revenait là-dessus. Je n'allais pas contester l'évidence. Juste je ne pensais pas que j'oubliais aussi souvent qu'elle le prétendait. À la télé, ils parlaient d'une guerre dans un pays lointain et j'ai dit : « Je ne vois pas comment ça ne pourrait pas aller au désastre, c'est valable pour eux et pour nous tous… » Mona a dodeliné de la tête. « Tu me plombes le moral… » Bien sûr, quand on vendait du parfum bon marché dans une galerie commerciale, on ne pouvait pas avoir la même vision, on baignait dans une certaine illusion. Je n'allais pas le lui reprocher, je ne tenais pas à manger des boîtes, mais ça me semblait nécessaire qu'elle entende mon son de cloche.

Après la vaisselle, quand tout a été propre, c'était mieux sur le plan de l'hygiène, Mona a commencé à se préparer pour la nuit. Le jour avait décliné et la caravane était maintenant bien chaude, un endroit très douillet. La télévision passait je ne sais quelle émission débile et on n'entendait presque pas le vent dehors, encore moins les bruits de l'usine qui était éclairée comme si ça ne coûtait rien. Mona a fait chauffer de l'eau puis s'est déshabillée jusqu'à la taille. Je me suis détourné de l'écran pour la mater. C'est fou ce qu'elle avait changé en finalement peu de temps. Je prenais beaucoup de plaisir à la voir faire sa toilette le soir. Je dormais encore quand elle partait le matin. D'abord, elle n'enlevait que le haut et se lavait avec un gant, tout le devant et comme elle pouvait dans le dos. C'est quand elle avait fini de laver le haut que souvent elle me demandait : « Tu ne pourrais pas regarder ailleurs, papa ? » Elle savait bien que non. On doit se faire plaisir, y compris et surtout dans les pires circonstances. Ce n'était peut-être pas normal, mais pas moins que d'avoir des pingouins sous les fenêtres de sa caravane, s'il s'agissait bien de pingouins.

4

Les gros bateaux

Michel

Le pont restait levé pendant l'éclusage. Le tablier d'acier mesurait cinquante-sept mètres de long sur dix de large et se voyait donc de loin en position verticale, mais les gens continuaient à affluer quand même, jusqu'à provoquer un bouchon. Il y avait pourtant aussi le mugissement de la sirène et les feux de signalisation sur le port qui prévenaient bien à l'avance. C'était un spectacle, il faut reconnaître, gratuit et qui pouvait durer longtemps, cela dépendait des navires. Des conducteurs se retrouvaient coincés malgré eux et attendaient dans leur voiture, mais la plupart sortaient à l'air libre pour admirer.

Deux ouvriers à quai, habillés d'un bleu et casqués, assistaient les hommes du bord pour l'amarrage. Ils étaient arrivés un peu avant en voiture de fonction et m'avaient adressé un geste amical. Les portes côté mer étaient encore ouvertes et tous les remorqueurs, à l'exception bien sûr de celui qui avait manœuvré à la proue, finissaient de se placer derrière le minéralier dans le sas. C'était comme de rentrer un gros fil dans le chas d'une petite aiguille : pas une mince affaire. Le *Hanjin Odessa* faisait deux cent cinquante-cinq mètres de long sur quarante-trois de large, l'écluse quatre cents sur seulement cinquante. Même sans les gros pneus recyclés en corps morts, qui évitaient que l'acier n'aille racler le béton, quand le bateau était dedans, il n'y avait pas grande distance de coque à bajoyer, d'un côté comme de l'autre. Moins de sept mètres ! Peanuts ! Les gars à la manœuvre étaient des artistes.

Il n'y avait plus qu'à attendre que ça passe, de préférence bien. Je serais utile uniquement si ça tournait mal. Autant dire que je ne servais pas à grand-chose mais que je ne souhaitais pas que ça se présente autrement. Des géants comme le *Hanjin Odessa*, j'en avais vu passer des centaines. Je m'étais habitué à certains. Je les revoyais avec plaisir, m'inquiétais de leur retard et les regrettais lorsqu'ils changeaient de rotation ou partaient à la casse. Ils pénétraient dans le bassin minéralier chargés à ras la gueule et en ressortaient à vide, plus légers et plus hauts. Celui-là ne pesait *que* cent quinze mille tonnes. Quelques jours plus tôt, il y avait eu le passage du *Cape Stefanie*, deux cent quatre-vingt-neuf mètres de long pour cent soixante-douze mille tonnes, une autre bête.

Tout le temps du sassement, je pouvais penser, et même ressasser. Je n'oubliais pas que Sylvie était venue nous visiter, et avec elle le fantôme de ma sœur Laurence, la mère de Louis. J'avais reçu Sylvie comme si la vie ne m'avait rien appris. Sur le coup, la mort de Laurence avait rendu son départ anecdotique, avant de se révéler une épreuve presque aussi terrifiante. Est-ce que ma frangine était morte à cause de mes mauvaises manières, surtout à l'égard de Sylvie ? Est-ce que Sylvie avait pris la tangente parce que ce drame était plus qu'elle ne pouvait endurer ? Dix ans plus tard, je ne parvenais toujours pas à comprendre l'enchaînement des situations, le pourquoi et le comment. Je buvais encore beaucoup à l'époque. Je n'acceptais pas qu'on me le reproche. J'avais plus souvent qu'à mon tour une humeur de chien, et ça empirait même avec la menace sur mon emploi. Oh ! je ne cherchais pas à me faire plaindre, mais c'était dur, j'avais l'impression que tout le monde, constamment, cherchait à m'humilier. Dans une famille où les paroles semblaient souvent superflues, on ne perdait pas son temps à choisir ses mots. Ça sortait comme ça venait. C'étaient des morceaux de roche qu'on arrachait à la falaise avec une pioche. Mes paroles dépassaient toujours mes pensées et je ne savais pas m'excuser.

Ce soir-là, le vent était orienté sud-est et amenait donc plus fortement des usines chimiques une franche odeur d'œuf pourri. Ça aurait suffi à gâter le caractère. D'entrée, je m'étais mis à taquiner ma frangine. Elle était venue sans son lardon et ça ne semblait pas la déranger de l'avoir confié aux bons soins d'une de ses copines, et je savais de quel genre était cette copine ! En quoi ça me concernait ? Ce n'était pas mes oignons. Quand Laurence commençait à employer de ces expressions, c'était parti pour que nous ne parvenions plus à nous sortir de la vilaine mélasse dans laquelle nous nous étions fourrés. C'était alors l'escalade. Il n'y avait plus que des paroles désagréables. À force de boire, je les oubliais au fur et à mesure, mais la colère enflait malgré tout, sans que je n'y puisse rien. Le fond du truc, c'était qu'avec Sylvie on essayait d'en faire un, de marmot, et que ça ne marchait pas encore, et que quand Louis était là, ça me consolait un peu. Je voyais les choses comme ça. Je ne serais pas parvenu à l'expliquer. Peut-être que si Laurence ne venait pas avec Louis, c'était pour nous ménager, et moi j'étais aveugle, et elle, elle ne pouvait pas me dire que c'était pour ça, à cause de je ne sais quelle pudeur ou délicatesse. Nous étions bel et bien englués. Soudain, je lui ai lancé : « Quand on est une mère pas très responsable, on ne s'étonne pas quand le père de son gosse se tire sur un navire marchand, au risque d'être traité pire qu'un Philippin… Il faut croire que c'est un plaisir de vivre avec toi ! » Ses yeux montraient qu'elle m'aurait volontiers sauté à la gorge. Encore une fois, de quoi je me mêlais ? Je ferais mieux de lever le pied sur la picole. « Tu me rappelles notre père… » Ce n'était pas la chose à dire.

Sylvie avait essayé d'arrondir les angles et je lui avais conseillé de la boucler, qu'elle s'occupe donc de son ménage, il n'était pas si bien fait que ça. Laurence avait les mains sur les hanches. Elle avait atteint un haut niveau d'ébullition. « Je viens chez toi, parce que tu es mon frère, peut-être parce que j'en ai besoin, et tu ne vois rien, tu ne comprends rien… Tu es vraiment trop con. » Elle était sortie en claquant la porte, et après un petit moment Sylvie avait osé me dire, elle aurait pris moins de précautions pour traverser un rideau de flammes : « Tu devrais la raccompagner… Tu ne vas pas la laisser remonter la digue toute seule dans la nuit… » Les usines étaient suffisamment éclairées pour qu'on y voie bien, même en pleine nuit. Je n'étais pas en état de conduire. Je me serais sans doute planté dans une dune ou un enrochement. « Elle ne voudra pas… Elle a su venir. Elle saura repartir. » Sylvie avait soupiré. « Vous êtes sans cesse à vous bouffer le nez, et après ça va mieux… Demande-lui quand même… »

Quand les portes côté mer ont été refermées, le sas s'est rempli, ça a pris du temps. Ensuite, les portes côté bassin se sont ouvertes et les éclusiers ont largué les amarres. Les remorqueurs se sont remis en action. Ils ont donné de la puissance, crachant une épaisse fumée noire. À peine le minéralier sorti de l'écluse, la sirène à quai a mugi et le pont s'est mis à basculer lentement. La plupart des curieux sont remontés dans leur voiture alors qu'il y avait encore un moment à attendre. Le spectacle se terminait ici mais ils pourraient si ça les amusait suivre le bateau par la digue jusqu'au quai de déchargement. Le pont terminait son mouvement de bascule et j'ai remarqué Louis de l'autre côté.

D'où venait-il encore ? Je comprenais qu'à son âge on avait la bougeotte. Des fois, le regardant, je voyais sa mère, surtout de loin, quand il était comme ça à attendre que le tablier achève sa course, prêt à bondir avec son biclou sur le caillebotis en acier.

Louis serait près de moi dans un instant et je me montrerais plus compréhensif qu'un père ordinaire. Je n'avais pas espéré le retour de son vrai père. Il pouvait bien aller au diable ! Finalement, je n'avais pas proposé à ma frangine de la raccompagner. J'aurais pu la rattraper sur la digue. Ce n'était qu'une ligne droite, après tout. Comme d'habitude, nous nous serions rabibochés dans le silence, sans rien régler, et d'ailleurs il n'y avait rien à régler. L'aurais-je raccompagnée dans son village au milieu des usines qu'elle serait encore de ce monde, je n'avais aucun doute là-dessus. Un camion l'avait fauchée deux ou trois kilomètres après la petite écluse, ça faisait déjà une belle trotte. Ce camion avait continué sa route, et un autre, plus tard dans la nuit, lui avait roulé dessus. C'étaient des bahuts pourvus d'une cabine très élevée et de phares qui éclairaient convenablement. Certes, qui aurait pu imaginer que quelqu'un se promènerait à pied dans une telle zone la nuit ? Le second chauffeur avait menti à moitié, sans doute, en disant qu'il avait cru rouler sur un animal. Mais l'autre avait raconté des histoires, en prétendant avoir ressenti un choc, sans penser qu'il s'agissait d'un être humain. On ne s'embarrasse pas de gens comme nous et, malgré les apparences, l'enquête de police avait été bâclée. De toute façon, qu'est-ce qu'on pouvait y changer ? La vie avait pris alors une tournure étrange. Avec la mort de ma frangine, j'étais devenu père sans avoir besoin de procréer. Je ne sais pas si Sylvie l'avait aussitôt senti, mais la donne n'était plus la même. C'était terrible. Soudain, je n'avais plus besoin d'elle. Le pire, c'est que je ne comprendrais pas lorsqu'elle me quitterait.

Louis était resté chez la fameuse copine jusqu'après l'enterrement, de façon à me donner du temps pour bien faire. Christelle était maigre comme un balai de rue mais elle avait la cuisse légère. Elle fricotait avec Jérôme qui était pourtant plus vieux. Elle l'avait dans la peau et c'était peut-être pour ça qu'elle lui en faisait voir. Comme, de son point de vue, Jérôme s'occupait un peu trop de sa mère, pour le rendre jaloux, Christelle s'était mise à traîner à droite et à gauche. Au début, c'était juste pour l'emmerder, mais elle y avait pris goût, et tant pis pour Jérôme, il n'avait qu'à se toucher ou fourrer maman. Christelle parlait cru. Je ne savais pas ce que les hommes lui trouvaient, ils n'avaient peut-être qu'elle sous la main. Moi-même, j'avais failli tomber dans le panneau, quelques semaines après le départ de Sylvie, un jour qu'elle était passée pour voir comment je me débrouillais avec Louis, soi-disant. Le gamin était dehors et jouait autour des blockhaus qui autrefois surveillaient la rade. Il était toujours à chercher des bouts de ferraille dans le sable. Il imaginait que c'étaient des éclats de balles ou d'obus. C'en était bien la plupart de temps, car ça avait bardé ici pendant la guerre. Un chimiquier était à l'approche. Christelle disait que ça l'excitait, les gros bateaux. Sa façon de dire gros bateaux m'avait fait bander, je dois être honnête. J'avais cédé par dépit, mais ce n'était pas allé plus loin que là où peut aller un homme sans réellement se déshabiller. J'avais déboutonné mon bleu. Pendant qu'elle s'occupait de moi, je surveillais le chimiquier qui pénétrait dans l'écluse. Les gars ne pouvaient pas se rendre compte. Nous étions à la tâche. Je n'étais pas le plus concentré, ni le plus malheureux, sur le coup. Après, j'avais dit à Christelle de faire attention en se relevant, on pourrait la voir, ça serait même mieux d'attendre que le gros bateau soit sorti du sas, dans pas longtemps.

Le minéralier avançait dans le bassin, flanqué de ses remorqueurs comme un requin de ses poissons pilotes. Louis était maintenant à côté de moi. J'ai passé ma main dans ses cheveux.

Ça n'allait peut-être pas toujours bien à l'école mais on ne dirait pas qu'il manquait d'affection. J'élevais Louis comme mon propre fils. C'était mon fils. Quand je le regardais et que je pensais à toutes ces années que nous avions déjà passées ensemble, je n'avais pas de remords. « Tu attends un autre bateau ? » il a demandé. Sa mère était morte à cause de moi mais je ne le lui dirais jamais. Chaque jour, en faisant avec lui du mieux possible, j'essayais d'alléger le poids de la faute que j'avais commise. « Pour la fin d'après-midi, un cargo d'alumine en provenance du Surinam… » C'était comme ça que Louis apprenait la géographie, avec les gros bateaux qui transitaient par l'écluse. Autrement, j'étais incapable de le soutenir dans ses devoirs. Le Scrabble aidait pour le français mais je ne savais pas si mon orthographe était toujours correcte. Je faisais avec mes moyens. Il ne faut pas s'étonner que les gosses de prolos partent avec une bonne longueur de retard. Les parents n'ont pas eu toutes les chances, et c'est un mal qui se transmet d'une génération à l'autre. Il fallait être né dans ce terreau-là pour comprendre que ça serait toujours plus difficile que pour les autres, même avec toute la volonté du monde.

5

Mon père, cette brute

Gilles

Un jour, je tuerai un phoque. Je connaissais un endroit. Je les voyais à marée basse. Ils se tenaient éloignés de la côte mais je ne désespérais pas qu'il s'en rapproche un à l'occasion. Je serais alors prêt avec ma carabine. Je venais du village au milieu des raffineries. Je traversais la forêt puis franchissais la petite écluse. Je cachais mon vélo dans les dunes et continuais à pied. Les phoques étaient de plus en plus loin, pas parce qu'ils avaient changé d'endroit, ils se prélassaient presque toujours sur les mêmes bancs de sable, mais désormais je devais faire un grand tour pour les retrouver. C'était à cause du chantier qui s'étendait progressivement sur le rivage. On construisait un terminal pour le gaz. Mon père ne décolérait plus, et je prenais pour tout le monde, et je m'enfuyais dès que je pouvais, avec mon envie de me venger sur un phoque.

Pour mon père, c'était comme d'essayer d'attraper le gros pompon dans une auto-tamponneuse en panne. Il s'énervait et ça n'avancerait à rien. Gaz, ça voulait dire tuyaux, tubes, conduites de gaz, et il bossait dans une entreprise qui en fabriquait, des milliers de kilomètres de pipelines destinés à des pays du Moyen-Orient. Là-bas, c'était la guerre ou le blocus ou les deux à la fois et mon père se retrouvait souvent en chômage technique. Alors, quand on avait lancé ce projet de terminal gazier, à un jet de pierre de son usine de tuyaux, il avait sauté au plafond, et son patron s'était frotté les mains. À moi la bonne soupe. Pour ce terminal, il y avait la perspective de poser trois cents kilomètres de tubes. Cela représentait un très beau contrat, qui plus est à remplir en proximité, sans risques majeurs. Seulement voilà : le constructeur du terminal utilisait des tubes de dix-sept mètres, et l'usine de mon père fabriquait des tubes de douze mètres. Cinq mètres de différence qui changeaient vraiment tout. Sans rire. Pour satisfaire la demande, le patron aurait dû faire raser son usine et en construire une nouvelle. Les appels d'offres avaient été remportés par d'autres entreprises. Le plus dur à avaler pour mon père, c'était que les premiers kilomètres de tubes venaient d'être fabriqués par les Grecs, avec de l'acier qui n'était même pas produit par l'usine d'à côté. Tout cela n'était pas très cohérent, mais peut-être logique, d'une logique perverse. Mon père n'y connaissait pas grand-chose en politique mais il hurlait à qui voulait l'entendre que c'était à cause de l'Europe, et qu'il fallait bien consoler les Grecs, rapport à leur faillite, et que c'était lui qu'on mettait à genoux, comme s'il était le seul visé, parce que maintenant, tout là-bas au Moyen-Orient, c'était carrément la guerre, et que ses tubes de douze mètres, il pouvait s'asseoir dessus, pour parler poliment. L'auto-tamponneuse était bel et bien en panne. Il n'attraperait jamais le gros pompon.

Mon père, cette brute. Je ne comptais plus les raclées. La dernière en date, c'était quand j'avais marmonné entre mes dents que c'était peut-être une bonne chose, ce problème de tuyaux, ça lui ferait moins de boulot. Qu'est-ce que je n'avais pas dit là ! Mon père était large et costaud. Il avait des muscles durs comme des cordages de marine. Il y allait au poing et parfois à la ceinture. Le pire, c'était que ma mère évitait d'en parler. C'était pareil pour presque tous les garçons de mon âge. Ça nous arrivait donc de fuguer, de faire des bêtises, des petites comme des grosses, nous n'étions pas entièrement responsables, et au retour nous priions pour que nos os soient de bonne qualité. Nos vieux se déchaînaient sur nous. Ils ne pouvaient pas étrangler le patron et encore moins le système qui les trahissaient. Et puis, nous étions sortis de leurs couilles, ils nous le répétaient assez. Jusqu'à ce que nous sachions croûter tout seuls, nous avions intérêt à ne pas la ramener, à ne pas faire les intéressants. Il n'y avait pas de discussion possible. Selon mon père, je n'aurais pas été capable de distinguer mon pouce de mon petit doigt. Ça faisait rigoler venant de quelqu'un qui fabriquait des tuyaux pour des pays qu'il savait à peine situer sur une carte. Je rongeais mon frein. Tous les copains morflaient d'une manière ou d'une autre. Pour les filles, on ignorait comment ça se passait, mais il n'y avait pas de raison qu'elles ne dégustent pas elles aussi.

À mon avis, les bancs de sable étaient à un kilomètre de la côte. Parfois, il y avait jusqu'à quinze phoques dessus. Il fallait le savoir. De loin, ça ne ressemblait à rien. À marée haute, ils disparaissaient, forcément. Ça arrivait que j'en voie qui nageaient dans les vagues, plus près, mais ils n'étaient jamais à portée de fusil. Une tête gris moucheté sortait de l'eau verte, une tête à moustaches avec des yeux ronds comme ceux d'un veau. Ce que je souhaitais, c'est qu'il y en ait un qui s'aventure un jour dans le canal. Ça serait un piège d'où il ne parviendrait peut-être pas à sortir.

J'ai scruté la mer pendant un long moment mais je n'en ai pas vu. C'était pourtant plutôt calme. Il n'y avait pas de grosses vagues. Le chantier devait les perturber. Mon père ne croyait pas qu'il y avait des phoques. Il m'asticotait avec ça. Un dimanche, j'avais réussi à le traîner à la côte et, manque de chance, les phoques ne s'étaient pas montrés. Mon idée était de lui rapporter une tête. Ça serait une preuve. Il serait bien obligé de me croire alors. C'était son habitude de me dévaloriser. L'hiver, je profitais du froid et chassais les oiseaux dans le coin, des grives et des bruants. La première fois, j'avais rempli un plein sac. J'étais fier de moi et je pensais épater mon père. J'avais attendu qu'il rentre du boulot et vidé le sac sur la table de cuisine. Mon père avait regardé la montagne d'oiseaux morts sans paraître ému et il avait lâché : « C'est tout ce que tu as réussi à attraper ? »

Je suis revenu sur mes pas et j'ai commencé à contourner le chantier du terminal. Au bout de quelques dunes, je parviendrais à la maison de Jérôme. Ça avait collé entre nous à l'instant même où nous nous étions rencontrés. Je l'avais chambré au sujet de sa perruque puis nous nous étions amusés à tirer sur des canettes en verre posées sur des piquets. Ça restait notre jeu préféré. Un jour que mon père avait eu la main lourde, découvrant mon visage boursouflé, Jérôme avait proposé que je vienne vivre avec lui dans sa bicoque. Ce n'était pas une bonne idée. Avec sa perruque, Jérôme n'avait pas l'air très normal. Mon père serait venu et l'aurait démoli. « Ton vieux est fort quand il s'en prend à plus faible… Il peut venir… » Jérôme était bien gentil mais je ne pensais pas qu'il faisait le poids.

Entre le chantier et la maison de Jérôme, il existait une zone où il y avait encore des blockhaus. Ils disparaissaient peu à peu sous le sable. Ils s'enfonçaient en même temps que les dunes les ensevelissaient. On ne pouvait plus savoir la taille qu'ils avaient exactement. Certains n'avaient plus que le toit de visible. Le béton était gris comme l'écaille d'un poisson mort. Les murs qu'on voyait encore étaient entièrement tagués. Louis et moi avions dégagé une entrée et creusé plus loin jusqu'à vider toute une salle. C'était humide mais à l'abri du vent. Ça nous arrivait de pique-niquer là. Nous buvions des coups et parfois Mona nous rejoignait et nous nous amusions un peu. Elle ne voulait pas tout nous donner mais ce qu'elle proposait et qu'elle nous autorisait à toucher était chaud et valait le détour. Il n'y avait rien de méchant là-dedans. C'était chouette, cette douceur. Si jamais nous devenions plus entreprenants, Mona avait toujours le mot pour rire et se caltait en gloussant. Déconfits, Louis et moi allions alors nous rafraîchir l'esprit sur la plage. Nous dévalions les dunes à toutes jambes. Nous aimions courir à marée basse dans les bâches ou sur l'estran. Le vent arrachait aux dunes du sable fin qui formait une nappe, volait au ras du sol et criblait les jambes. Nous relevions le bas de nos pantalons et les mollets devenaient rouge écrevisse. C'était une sensation formidable. Nous faisions fuir les goélands. Nous hurlions dans le vent.

J'ai posé mon fusil contre le mur et grimpé sur le toit de la casemate. C'était un endroit à part sur ce bout de littoral. Dans mon dos, par-delà les dunes, seule l'extrémité des plus hautes cheminées du vapocraqueur était visible. Selon le vent, on pouvait même ignorer les bruits du chantier. Grimpant dans les oyats, j'aurais pu apercevoir au loin, dans le prolongement du bassin minéralier, le pont de la grande écluse, à condition bien sûr qu'il soit relevé. C'était difficile de croire que ce blockhaus avait un jour dominé la mer, et qu'il pourrait être englouti par le sable. Ailleurs sur la côte, soumis aux flots et au vent, les blockhaus basculaient un à un sur les plages. Ici, c'était le contraire qui se produisait. La mer semblait avoir reculé, mais c'était sans doute la faute de ces usines géantes qu'on construisait partout. La côte avait changé d'aspect. Les courants étaient sans cesse contrariés, ils déplaçaient le sable autrement, ne le chassaient ou ne le déposaient plus aux mêmes endroits.

J'attendais Mona et pourtant je savais qu'elle ne viendrait pas, elle ne pouvait venir à cette heure. Mais ça me faisait plaisir de penser qu'elle serait là et que je me sentirais moins seul. Même au milieu de nulle part, sans personne à des kilomètres à la ronde, j'avais l'impression qu'une main allait se lever et s'abattre sur moi. Cette impression était moins forte quand Mona était là. Avant longtemps, j'aurais beaucoup moins peur, je le souhaitais. Je m'étais habitué aux coups, je pouvais désormais les encaisser sans broncher, mais j'en voulais à ma mère. C'était, à l'inverse de Mona, la femme dont je savais que je ne pourrais plus rien espérer. Quoi qu'il arrive, elle prendrait toujours le parti de son homme. Un jour que j'enrageais de ne pas la voir réagir, elle m'avait lancé en douce : « Tu comprends, toi, tu partiras, et alors je serai toute seule avec lui... » Pour l'instant, il s'en prenait plutôt à moi. J'étais une sorte de paravent. C'était bien à ça que je servais. Ça évitait à ma mère de regarder de l'autre côté.

J'ai récupéré ma carabine et continué mon chemin dans les dunes. Le sable était si fin que les empreintes de pas disparaissaient aussitôt, et il s'écoulait sous les semelles comme une poussière d'or. Jérôme était facilement repérable avec ses cheveux rouge et argent. Lui aussi marchait dans les dunes, le fusil en bandoulière, le canon dirigé vers le sol. Je me suis mis à le suivre, me cachant dès qu'il risquait de me voir. Quand j'étais plus petit, je le suivais souvent ainsi, pensant qu'il était un ennemi à abattre. Les anciens ne parlaient jamais de la guerre, de comment ça s'était passé exactement, et donc je la rejouais à ma façon. Je prenais des fortins d'assaut, me glissais le poignard entre les dents dans un tobrouk, nettoyais au lance-flammes un nid de soldats. Jérôme était mort de mille manières au combat. Mais à chaque fois, au bout d'un moment, il rigolait et lançait sans se retourner : « Si tu crois que je ne te vois pas ! »

Ça n'a pas raté. Jérôme avait des yeux derrière la tête. Il m'a dit que j'avais manqué Louis de peu, puis: « C'est pas toi, par hasard, qui grattes mon crépi ? » Nous avons mis des bouteilles sur des piquets et chacun a tiré à son tour. Comme je n'avais pas pris de coups, que je n'avais pas de blessures visibles, Jérôme ne me regardait pas comme il le faisait parfois, avec une chaleur toute dérangeante. Il n'y avait aucune raison que j'aie honte. Car il y avait de la honte même quand je n'aurais pas dû en ressentir. C'était pareil lorsque mon père me dérouillait. Même si je n'étais responsable de rien, il arrivait que je me sente coupable. Je savais que même mon père mort, il continuerait à me faire peur. Ce n'était pas possible que je puisse croire à une complète délivrance. « Vous avez vu le faucon ? Louis était content ? Il ne connaît pas sa chance... » Les dunes résonnaient de nos détonations et le verre éclaté s'éparpillait dans le sable. « C'est de la chance ou pas, a grogné Jérôme, et en attendant de le savoir, c'est peut-être bien là que nous sommes condamnés à survivre. »

6

La pêche en surfcasting

Wilfried

La digue, c'était un plan incliné de quelques dizaines de mètres de large seulement sur sept kilomètres de long, à peu de chose près la longueur du bassin qui le séparait de l'usine sidérurgique. Le béton était usé et très irrégulier, mais il tenait le coup, il faut dire qu'on avait mis les moyens. Pour construire cette satanée usine, on avait dégagé quinze millions de tonnes de sable, gagné quatre-vingt-cinq hectares sur la mer et utilisé, ne serait-ce que pour la digue, trois cent cinquante mille tonnes de béton bitumeux. Le chantier avait duré quatre ans. Ça travaillait en continu. Ça grouillait d'ouvriers. Il en arrivait de partout par bus entiers. Il y avait du boulot pour tous ceux qui voulaient bosser. Bah ! c'était une autre époque, pas une époque de fainéants.

Vers le haut de la digue, à certains endroits, pas tout du long, de petites dunes se créaient peu à peu, et d'ailleurs le sable aurait fini par tout recouvrir s'il n'y avait pas eu les marées et le vent. Des oiseaux mazoutés venaient mourir là et se confondaient très vite avec n'importe quelle ordure à cause de ce sable qui s'accrochait à tout. La digue n'était pas toujours accessible et, pour empêcher les gens de venir, on levait le pont de chaque écluse. Mais la plupart du temps, c'était ouvert, et certains jours ça se bousculait, malgré les panneaux d'interdiction de circuler, il y avait de la place pour tout le monde, parfois tellement de monde qu'on se serait cru sur la Côte d'Azur, à condition de tourner le dos aux usines bien sûr.

Je pêchais en surfcasting, de jour comme de nuit. Je préférais de loin la nuit. On ne voyait pas l'eau glauque. C'était déjà arrivé qu'une conduite ou un filtre cède dans une usine, là-derrière, et dans les heures qui avaient suivi des milliers de poissons s'étaient retrouvés le ventre à l'air. Après, on nous aurait poursuivis parce qu'on pêchait l'anguille, au prétexte qu'elle était en voie de disparition ! J'étais équipé bien comme il faut. Je préparais mes bas de ligne à la lampe frontale, ça ne me prenait pas plus de temps qu'en plein jour. Je soignais mes montages. J'utilisais du nylon de 45/100, de façon à mieux résister au lancé, et privilégiais le nœud fixe pour mes avançons. S'agissant des appâts, je faisais très simple. Le poisson aime bien qu'on lui propose ce qu'il trouve généralement dans sa zone, il dédaigne la bouffe exotique, aussi j'accrochais à mes hameçons du crabe mou ou des vers de côte.

Pendant que je préparais mes lignes, je ne pensais pas à ma femme, Josiane, dont le caractère ne s'était pas arrangé avec le temps. Elle ne viendrait jamais me chercher sur la digue. Je me mettais souvent à égale distance entre les écluses, comme ça je voyais arriver les gens de loin. Ma femme était obnubilée par le sport. Elle aurait voulu être nageuse professionnelle, avant de s'apercevoir ou plutôt d'admettre qu'elle était bâtie pour le lancer de poids ou les haltères. Elle ne ratait rien à la TV des grandes compétitions sportives. Elle mettait son jogging. Elle descendait plus de bière en une épreuve que je n'en buvais dans un mois. Elle pouvait pleurer comme un veau, tellement elle était émue, voyant les performances des nageurs pendant les jeux paralympiques. Elle s'intéressait à tous les sports. Elle avait appelé nos fils Tony, à cause de Parker, Carl, à cause de Lewis, et Lance, à cause d'Armstrong. La triplette glorieuse. La progéniture aberrante. Tony faisait du basket, Carl de l'athlétisme et Lance du vélo. Aucun de nos rejetons n'avait la ligne et, très sincèrement, je n'aurais pas aimé être à leur place.

Moi, mon sport, c'était la pêche en surfcasting, et je ne regardais pas les autres le pratiquer à la télé. Quand c'était marée basse, il fallait s'aventurer sur le sable, et ça avait un charme tout particulier la nuit. Les vagues s'entendaient plus qu'elles ne se voyaient. La lumière qui venait de façon indirecte des usines donnait à l'écume une couleur crémeuse. Si nous étions comme certaines nuits plusieurs à pêcher dans le secteur, s'ajoutaient les faisceaux de nos frontales qui balayaient l'espace devant nous. À marée basse, je pêchais depuis la digue et l'avantage majeur était qu'une fois mes cannes prêtes et alignées sur leur trépied, je pouvais attendre assis à l'arrière de ma voiture que j'avais garée de façon à être protégé du vent.

Je pêchais par presque tous les temps. Si les conditions étaient propices, ça arrivait que j'aie un peu de visite. Cyril venait ainsi, parfois, me tenir compagnie. Nous surveillions mes lignes en bavardant. La mer était calme, le vent faible, et dans ces cas-là je prenais des carrelets et des limandes, ce qui le fascinait comme un gosse. Si sa fille avait fait les courses, il venait avec une bouteille de vin que nous buvions sans nous presser. Il me parlait beaucoup de sa gamine, qu'il choyait un peu trop, disait-il, et puis des oiseaux dont il était surpris qu'ils soient si nombreux dans le bassin juste à côté, près de sa caravane. « T'es sûr que c'est des pingouins ? » demandait-il, et je soupirais, répétant que c'étaient des pingouins ou pas, ça dépendait des saisons. Quand il en avait marre de moi, ou de surveiller mes lignes, ou de parler des pingouins, et que la bouteille était finie, il s'en repartait. Disparaissant derrière les petites dunes, il grognait que Mona avait intérêt à être couchée parce que demain elle devait se lever tôt pour aller bosser, ce n'était pas le moment de perdre son emploi, et qu'elle ne vienne pas lui dire que c'était dur parce que, lui, il en avait vu d'autres. Je me demandais quoi…

Un soir tranquille comme celui-là, ça faisait maintenant un bout de temps, une femme était apparue sur la digue. Le vent était orienté sud-est et je me souvenais que ça schlinguait parce qu'il apportait avec lui la fumée âcre des usines chimiques. Ça n'avait été longtemps qu'une silhouette vague. Quand on pêche en surfcasting, on est très concentré sur ses lignes et il pourrait surgir un éléphant dans son champ de vision, on ne s'en apercevrait pas tout de suite. C'était une belle marée et je m'étais garé plutôt en hauteur sur la digue. La femme ne pouvait pas m'éviter. Elle s'en venait de la grande écluse. Elle marchait vite. Elle était essoufflée. « Et c'est où que vous courez comme ça, ma petite dame ? » j'y ai lancé. Elle ne m'avait pas encore remarqué, pourtant il y avait la lumière de l'usine, et après s'être figée, elle a répondu : « Vous m'avez fait peur ! » Moi ? J'ai rigolé. J'étais un petit homme, même qu'après les compétitions Josiane voulait toujours qu'on tire un coup et j'avais peur qu'elle m'étouffe. Des fois, je me disais qu'elle pourrait le faire vraiment, je veux dire volontairement. Bref, la femme, quand j'ai répondu qu'il n'y avait pas de quoi, a paru se rassurer, et elle est restée là, à reprendre son souffle, et, j'avoue, ça me troublait de nous savoir tous les deux seuls sur la digue, et surtout de voir sa robe onduler sous la brise. En dehors de sa robe, elle ne semblait pas porter grand-chose. Elle avait son sac en bandoulière et ses chaussures à la main. « Je pêche en surfcasting, j'ai expliqué après un instant pour meubler le silence qui s'était installé entre nous, ça demande de la patience, ça vous dit de surveiller les lignes avec moi ? » Je ne croyais pas qu'elle dirait oui. Elle aurait pu aussitôt tailler la route. J'aurais continué à pêcher tout seul.

Elle s'est assise sous le hayon et m'a dit s'appeler Laurence. Elle s'est mise à me poser des tas de questions et parfois je n'avais pas de réponse. Est-ce que c'était prudent de pêcher là en pleine nuit ? Probable qu'il y avait des risques, mais jusque-là il ne m'était rien arrivé. J'avais proposé de l'eau et elle avait pris la bouteille et bu au goulot. Sa robe avait remonté sur ses jambes qui étaient blanches comme des darnes de cabillaud, mais c'était sans doute dû à l'éclairage. L'acte sexuel, c'était devenu pour moi un truc dégoûtant. Josiane sentait la petite bière et le mauvais tabac et, en plus, j'avais peur qu'elle m'étouffe sous son poids. J'étais verni si, ensuite, elle ne se mettait pas à me traiter de tous les noms, la plupart du temps pour me reprocher que mon poisson était tout pourri.

J'ai pêché quelques limandes pendant que Laurence était là et quand elle a voulu partir, je l'ai retenue, disant : « Allez ! encore un peu ! » Elle est restée et j'ai cru que c'était dans la poche. Je me suis essuyé les mains dans un chiffon puis je suis revenu m'asseoir à côté d'elle. Mes mains puaient le poisson. Elle, elle était parfumée avec je ne sais trop quoi qui, malgré l'odeur de sa transpiration, sentait très bon. C'était le moment favorable ou alors elle serait déjà repartie. Elle n'était pas obligée de rester. J'ai posé une main sur sa cuisse blanche et remonté sous sa robe. Elle a rejeté ma main en disant gentiment : « Mais qu'est-ce que vous allez imaginer ? » Alors j'ai remis ma main et dit d'une voix menaçante qu'elle ferait bien de faire attention à comment elle me parlait. Elle a commencé par se débattre. Elle ne pourrait pas aller bien loin. Je me suis arrangé pour qu'elle bascule en arrière et j'ai avancé la main pour arracher sa culotte. Elle a poussé un cri puis m'a frappé avec le poing.

Ce n'était pas commode dans la voiture et je l'ai traînée jusqu'aux petites dunes. Elle pouvait toujours crier. Personne ne viendrait. Un minéralier était au déchargement sur le quai en face. Il y avait une profusion de lumières, le ciel en devenait marron clair, presque jaunâtre, mais aussi un boucan infernal. Je l'ai poussée dans le sable et avant qu'elle ait eu le temps de se relever, j'avais baissé mon pantalon. D'une main, je l'ai plaquée au sol. Je ne voulais pas arracher sa robe. Ça m'a changé beaucoup de Josiane. Ça n'était pas qu'une question de corpulence. J'ai dit : « Si tu continues à gesticuler comme une anguille, je t'étrangle… » Elle pleurait mais elle n'a plus bougé et j'ai pu aller et venir jusqu'à jouir. Les oyats me piquaient les fesses. Comme avec Josiane, je me suis retiré juste sur la fin, des fois que je la féconderais. Avec la chance que j'avais, je pourrais bien engendrer un nouveau sportif. Ça n'aurait pas de sens. Je me suis reboutonné. « Maintenant, si tu te plains, personne te croira. Je pêche en surfcasting depuis longtemps ici. Tout le monde sait que je suis un bon gars… »

Je n'ai pas beaucoup pêché. Quand on pense à de vilaines choses du passé, ça porte la poisse, c'est mon idée. Le mal était fait et ça n'aurait pas dû valoir la peine d'y revenir. D'accord, mais je n'avais pas beaucoup d'autres bons souvenirs à part celui-là. Penser à mes rejetons ? Le seul, Carl, que j'avais amené un jour avec moi à la pêche, avait trouvé le moyen de s'empêtrer dans mes lignes, et je l'aurais bien noyé pour la peine. Tu parles d'un athlète ! Il n'aurait pas été capable d'enjamber son cartable. Il ne faut pas faire peser sur ses enfants le poids de ses rêves. Ça crée des gosses malheureux. C'était le grand tort de Josiane. Et qu'est-ce que j'y pouvais ? Josiane aurait aimé qu'on l'admire pour ses prouesses de nageuse, ça n'était pas possible, alors elle avait projeté sur les gosses, et comme ils étaient pour ainsi dire son fidèle reflet, le résultat était lamentable. C'était bien probable qu'elle se venge sur moi. Heureusement, je pêchais en surfcasting. Dans un monde parfait, c'est Louis que j'aurais eu pour fils. Comme Cyril, il passait me voir parfois. Comme Cyril, il surveillait mes lignes. Ils auraient bien aimé être à ma place, tous les deux. Ils ne voyaient que le bon côté de ma vie. C'est bien de ne pas regarder sous la lunette des chiottes, là où reste toujours un peu de merde.

TABLEAU II

7

L'instinct paternel

Cyril

J'ai grimpé sur ma mobylette. J'avais accroché la remorque parce que je pensais, peut-être à tort, que comme ça on ne me la volerait pas. J'ai roulé tranquillement jusqu'à l'arrêt de bus où j'ai enchaîné mon engin au piquet. Je ne prenais pas mon casque pour une distance aussi courte. J'avais les mains libres. Un bus passait toutes les demi-heures. J'étais en avance, ce n'était pas grave. Ça me plaisait d'être là. Je ne me lasserais jamais du paysage. Derrière moi, le vapocraqueur produisait toutes sortes de bruits qui agaçaient les tympans. Tous ces bruits ensemble, sifflements de gaz dans les conduites, jets de fumée et chuintements de vapeur, faisaient penser au ronflement d'une vaste créature ensommeillée – l'usine était vivante. Devant moi, la raffinerie était vide et silencieuse et si, à ma connaissance, il n'y avait pas encore le projet de la démonter, il apparaissait tout de même que la peinture des bacs craquelait, que les inscriptions diverses s'effaçaient, que la rouille s'était installée à toutes les jointures – l'usine était morte. Une corneille volait là-dedans. C'était sinistre. Il n'y avait vraiment rien qui durait.

J'attendais le bus avec de mauvaises intentions, c'était plus fort que moi, même si ça n'était pas possible que Mona m'échappe, non pas que ça me dérangeait dans le fond qu'elle ait une vie à elle, mais je ne voulais pas être le dindon de la farce. Je devais en avoir le cœur net. J'ai fait signe et le bus s'est arrêté, ça m'était arrivé que je reste comme ça au piquet sans faire un geste et il m'était passé devant sans ralentir. T'en as, j'avais pensé alors, qui font ce qu'on leur demande et pas plus. Quand les petites gens se comportent mal entre eux, inévitablement, les patrons jouent sur du velours. Je travaillais encore aux lubrifiants et quand la vilaine heure était venue, je n'avais espéré d'aide de personne.

Le bus était bondé et bizarrement il y avait une place restée libre au milieu. J'aurais pu aller en mobylette à la zone commerciale mais on annonçait de la pluie. À la pause, ça serait autrement plus gênant, Mona pourrait tomber sur ma bécane et elle trouverait ça suspect. J'ai regardé le siège sous toutes les coutures, dès fois que quelqu'un y aurait collé un chewing-gum ou vomi dessus, puis je me suis assis. Je n'avais pas encore fait attention au mioche que la mère grondait car il donnait de petits coups de pied dans la paroi, sous la vitre. Elle le menaçait mollement de le priver de je ne sais quoi. Alors il se calmait. Il se mettait à faire des gribouillis dans la buée. Puis il recommençait son bruyant et pénible manège. Je lui en aurais bien claqué une. Au bout d'un moment, il s'est approché et il a marché sur mon pied, avec un air sournois, comme s'il n'y était pour rien. « Laisse le monsieur tranquille… » Mais ça ne l'a pas arrêté et j'ai montré les dents. « Tu sais ce que je fais avec les petits garçons comme toi ? Tu ne veux pas savoir ?… » La mère m'a alors jeté un regard sévère, disant : « Surtout, ne lui racontez pas des horreurs ! Il en voit déjà assez à la télévision ! » Après tout, c'était peut-être mieux que je ne dise rien. J'aurais pu nous trahir.

La plupart des voyageurs sont descendus au grand magasin et j'ai suivi le mouvement. J'ai pénétré dans la galerie et je suis allé jusqu'au marchand de journaux. Beaucoup de gens, qui avaient pourtant fini leurs courses, s'attardaient en faisant du lèche-vitrines. C'était sûrement leur seule sortie de la semaine. Leur caddie était plein et ils continuaient à se promener là parce qu'ils n'étaient pas du genre à aller au musée, ça se voyait sur leur gueule. Je me suis caché derrière un tourniquet pour observer Mona dans le magasin de parfums. Elle était bien jolie dans sa robe noire moulante. C'est sûr, on n'attrape pas les mouches avec du vinaigre, mais ce n'était pas pour autant que les parfums s'arrachaient. Son chef venait lui parler de temps en temps et, je dois être honnête, il se tenait bien. Rien ne se passait d'intéressant, alors j'ai pris un journal sur le tourniquet et je l'ai ouvert à la page nécrologique. C'était tous les jours l'hécatombe. Dans la liste des décédés, j'ai reconnu le fils de mon copain Germain. Pas mon pote, son fiston, merde... Quarante ans... Sa nécro précisait la raison de sa mort : l'amiante. Mourir si jeune d'une maladie pareille, c'était à se demander s'il n'y en avait pas qui, d'entrée de jeu, étaient tout spécialement visés par le malheur. Germain avait déjà perdu un fils, dans la chute d'un échafaudage. Moi, à sa place, je croiserais les doigts.

À trop compatir, j'ai failli ne pas remarquer le chef de Mona qui partait déjeuner. Il y allait seul, c'était sans doute normal, il fallait bien que quelqu'un reste pour tenir la boutique. Mais je ne voulais pas courir le risque d'être surpris par Mona, après tout j'ignorais leur arrangement, elle pourrait le rejoindre dans un moment, aussi j'ai pris mon temps. J'ai surveillé le chef tandis qu'il pénétrait dans la cafétéria et s'installait dans la file de consommateurs. Il a mis sur un plateau un hors-d'œuvre, un plat et un soda, puis il est allé s'asseoir à une table près d'un mur. Il s'est mis à manger comme s'il n'attendait personne et quand il a eu fini sa macédoine, j'ai poussé la porte.

Je me suis assis en face de lui et il a froncé les sourcils. J'ai souri en penchant la tête. Son regard a traîné dans la salle. Il se demandait si c'était la dernière place où s'asseoir, si je n'avais pas eu d'autre choix, mais non, on devait bouffer tellement bien ici qu'il y avait plein de places de libres. Il prenait conscience qu'un truc clochait mais il a souri à son tour. « On se connaît ? » Il avait un sourire de chef, le pire des sourires. « Non… ou bien si, d'une certaine façon… » Il a demandé alors si je me sentais bien, si je voulais qu'il appelle quelqu'un. J'avais peut-être besoin d'un peu d'argent pour manger ? Pour un café ? Il était gentil avec ça. Mais je n'étais pas un mendiant. « Vous n'y êtes pas du tout… Si je ne me comporte pas comme un bon père, qui va le faire ? » Il ne semblait toujours pas comprendre, alors j'ai été plus clair : « Je suis le papa de Mona… » Il a eu un geste de la tête et un regard comme s'il était ravi de l'apprendre. À partir de là, il a essayé de m'embrouiller. Il était enchanté de me rencontrer. Ma fille lui apportait entière satisfaction. Elle était aimable avec la clientèle, jamais de mauvaise humeur, toujours à l'heure. Je n'estimais tout de même pas qu'elle était mal payée ? Non, ah ! parce que la conjoncture était délicate, j'étais bien placé pour le savoir, les temps sont difficiles, les gens achètent bon marché, quand ils achètent, parce que le parfum, ce n'est pas vital, n'est-ce pas ? Il commençait à me fatiguer et j'ai coupé : « Tous les soirs ou presque, vous aidez Mona à porter les courses, pas vrai ? » Très nettement, il a pâli, mais il a essayé aussitôt de tourner la situation à son avantage : « Quoi de plus normal ? Ça me fait de la peine quand je la vois avec tous ses sachets, et quand c'est le jour du gaz… C'est un service qui ne me coûte pas beaucoup… » Il n'allait pas m'avoir comme ça et je l'ai arrêté à nouveau : « Puisque vous êtes aussi charitable, vous pourriez la ramener d'un coup d'auto le jour du gaz, ça ne vous coûterait guère plus, seulement vous ne le faites pas, ça ne vous dérange pas qu'elle prenne le bus, chargée comme un baudet… » Il ne voyait toujours pas où je voulais en venir ou bien il le faisait exprès. « Vous la raccompagneriez, je n'y trouverais rien à redire, je penserais même que c'est très généreux de votre part… Mais voilà, vous ne le faites pas… Alors je me dis que vous avez sans doute une idée derrière la tête, que vous attendez en retour, comme vous dites, vous, les gens bien, une faveur ? Peut-être d'ailleurs que vous l'avez déjà obtenue… et qu'il arrive à Mona de devoir céder à vos envies, vous voyez le genre d'envies auquel je pense, pas vrai ? » L'ambiance s'était considérablement refroidie. Le chef n'avait pas touché à son plat, un morceau de langue de bœuf à la tomate avec sa purée immonde, qui était devenu froid aussi. Il me fixait, semblant n'en croire ni ses yeux ni ses oreilles. J'attendais qu'il réagisse, et il a réagi enfin, mais pas comme j'imaginais, en niant l'évidence, en me prenant pour un con, non. « Ce n'est pas une blague ?… Vous êtes bien le papa de Mona, n'est-ce pas ? » J'ai hoché la tête, oui, c'était moi le père, elle n'en avait qu'un et c'était bien moi, il pouvait me croire, et si jamais j'apprenais qu'il profitait de son pouvoir pour abuser de ma fille, je lui ferais avaler ses fioles et ses flacons jusqu'à ce qu'il en crève. Sous la menace, son visage s'est durci, mais il a eu en même temps un curieux sourire, comme si d'une certaine façon tout cela était très amusant. Après un petit instant, il a repoussé calmement son plateau, posé les coudes sur la table et croisé les doigts. « Admettons, il a dit alors, que je porte les courses de Mona avec une idée derrière la tête… Rien que d'en parler, tenez, ça me donnerait presque envie d'en avoir une… Admettons… Ça serait mon idée, non ? En quoi ça vous regarderait ? Mona est majeure, non ? » Je ne voulais pas perdre la main et je lui ai renvoyé aussi sec : « Tout juste majeure… Et vous êtes plus vieux qu'elle… Et surtout, je suis son père, et c'est comme je le vois et pas autrement. » Il n'a rien su répondre à ça. C'étaient des arguments imparables. Tour à tour, il a regardé son assiette et moi, puis il a poussé un soupir d'agacement. « Bon… Vous êtes le père de Mona, très certainement… Par respect pour Mona, je vais donc être respectueux avec vous aussi... Maintenant, mon plat est froid... Vous m'avez coupé l'appétit... Je resterai respectueux avec vous mais je vais quand même vous demander de ficher le camp... Je vais compter jusqu'à trois et si à trois, vous n'avez pas disparu de mon paysage, j'appelle la sécurité... Un, deux... »

Je suis parti pour ne pas faire d'histoires. J'ai mangé un sandwich dans une brasserie qui donnait sur le parking puis je suis revenu dans son paysage, drôle de paysage ! Les mêmes abrutis poussaient leur caddie dans la galerie. Ils n'avaient vraiment que ça à foutre. Je me suis remis derrière le tourniquet. Il ne se passait toujours rien. Mona recevait les clients, elle leur souriait et je me disais qu'elle faisait un boulot plutôt humiliant. Je n'ai pas revu le chef de l'après-midi, mais parfois je visitais le supermarché, traînant dans les rayons d'alimentation, et il se peut que j'aie raté les moments où il venait la voir. Je suis resté dans le coin jusqu'à la fermeture de la boutique. Ensuite, Mona a acheté des denrées, toute seule, et c'est encore toute seule, malgré le fait qu'elle était lourdement chargée, qu'elle a marché jusqu'à l'arrêt pour prendre son bus. Je n'allais pas monter dans le même. Je prendrais le suivant. Ça voulait dire trente minutes de plus à poireauter. Ça laisserait un peu de temps à Mona pour préparer tranquillement le dîner. Elle ne m'avait pas repéré. J'étais plutôt fier de moi, très fier, en tout cas jusqu'à ce que je me rappelle que j'avais ma mobylette là-bas, à l'autre arrêt.

Le voyage m'a semblé long. Quand je suis descendu du bus, j'ai compris. Mona avait mis les courses dans la remorque et ce n'était pas la meilleure chose à faire. Une bête, sûrement un chien errant, s'était attaquée aux sachets. Elle avait mordu dans le plastique et en avait sans doute bouffé un peu avec la viande et le fromage. La remorque s'était renversée et par miracle les bouteilles de vin avaient roulé intactes dans le sable. Je les ai ramassées ainsi que les boîtes de conserve. Mona avait cru bien faire. Une saloperie de clebs avait surgi à peine le dos tourné. Les boules. Et il y avait une grande chance que ça me retombe sur le bec. Ce soir, il me faudrait la forcer ou faire amende honorable. Mouais…

Ça ne se passerait pas très bien et j'aurais aimé que Sandrine soit encore de ce monde pour essayer d'arrondir les angles. Elle n'y arrivait jamais, mais elle essayait, et ça se terminait la plupart du temps dans les larmes. Sandrine n'était pas la mère de Mona et ça expliquait en grande partie la situation. J'avais connu la folie domestique et c'était peu de le dire. J'avais tiré les marrons du feu, malgré tout.

J'ai redressé la remorque, remis dedans la nourriture que j'avais sauvée, enlevé l'antivol et c'est seulement quand j'ai manœuvré sur la chaussée que j'ai senti un nœud se former dans mon estomac. Je ne savais pas quel bobard inventer. Je ne prenais le bus que pour aller à Pôle emploi. Dans ces cas-là, la veille, je me plaignais de mon sort comme c'était pas permis. Elle savait que j'y allais à Pôle emploi, Mona, ah, ça ! comme si j'étais le seul chômeur au monde ! Forcément, donc, je m'étais rendu à la zone commerciale, et j'aurais pu m'occuper des courses, hein ? J'ai franchi la petite écluse, pas du tout à mon aise. J'ai jeté un coup d'œil au bassin. Le *Hanjin Odessa* finissait d'être vidé. On lui voyait maintenant une large bande rouge sous la ligne de flottaison. L'eau était comme d'habitude d'une couleur marronnasse. Du sable volait par-dessus la digue. Il commençait à pleuvoir. Oui, je me disais, si Sandrine était encore là, elle ferait tampon, je pourrais boire mon coup et les regarder s'arracher les yeux. Mona est sortie de la caravane. Elle avait entendu le bruit de mon moteur. Elle voyait que je n'en menais pas large. C'était peut-être bien de commencer gentiment : « Mona, ma fille chérie… »

8

J'ai eu très mal

Mona

Ma fille chérie… Il ne manquait pas d'air, et il me regardait maintenant, penaud, comme si j'étais sa mère. Ses yeux disaient toute la gêne possible, et ça tombait bien parce que j'avais mes règles. Je ne serais pas obligée de dormir avec lui. Je prendrais le lit. Il ne me rejoindrait pas. Trop honteux, il resterait sur la banquette, côté cuisine, et s'endormirait, assis, après avoir bu son coup. Il ne collerait pas son truc contre ma cuisse. J'en venais presque à oublier que j'avais acheté et porté toute cette nourriture pour rien. La remorque était pour ainsi dire vide. Il a reniflé. Il a haussé les épaules. « Ça doit être un chien, un chien affamé qui passait par là… » Je pouvais me permettre une avalanche de reproches. Mais je suis restée silencieuse. J'ai tourné les talons et fait claquer la porte de la caravane.

Il a mis du temps à détacher la remorque et s'est encore attardé dehors, malgré la pluie. Ça promettait une belle soirée, mais ça ne serait pas pire qu'autrefois. Pas pire, mais horrible quand même, toujours aussi horrible. Enfin, il a grimpé dans la caravane, pour aussitôt s'asseoir et attraper un journal sur la pile. Il ne s'était pas essuyé les cheveux et de l'eau mouillait le papier. « Merde, il a fait après quelques minutes, un gars que je connais est mort… Tu ne peux pas savoir comment on en a bavé… » Quand il se sentait vraiment coupable, il essayait de se faire plaindre à travers les autres, ou simplement il évoquait ses plus sales moments comme si ça pouvait l'excuser de tout. Des fois, je me laissais prendre, mais pas là. « Si seulement la vie était plus facile… » Je n'avais jamais connu que la vie difficile. Il ne me ferait pas pleurer. J'avais pleuré toutes mes larmes. « Tu vois, ce soir, je n'ai pas d'appétit, je crois que je vais me coucher sans manger… » Mais il a passé un long moment à picoler et à regarder la télé. Il ne s'est pas risqué à me parler directement, mais il a essayé de créer de la conversation. Dans le journal, il avait également parcouru les faits divers. Deux jeunes désœuvrés avaient braqué un Lidl. « T'en as qui tombent vraiment bien bas… » Selon lui, j'avais de la chance d'avoir un bon boulot et de ne pas être obligée de faire des bêtises. Il n'a pas réussi à me faire réagir. J'étais épuisée et je n'ai pas mangé non plus. Pas de corvées. Ça me faisait des vacances. Il ne m'a même pas matée lorsque j'ai fait ma toilette. Il ne détachait plus les yeux de la télévision. Je me suis couchée en regrettant de ne pas avoir changé les draps. Ce n'était pas tous les jours que je pouvais avoir une relative impression de propre.

Les conflits ne s'étaient pas toujours réglés de cette manière. À une époque, les assiettes volaient à travers la caravane. Sandrine menait la danse. Elle se mettait entre nous et ça semblait souvent arranger mon père. On aurait dit qu'elle prenait mon parti et puis soudain elle se retournait contre moi, et ça devenait tout de suite violent, et pendant que nous nous crêpions le chignon, papa se planquait dans son coin et faisait mine de bouder. C'était une drôle de pirouette. Sandrine était vicelarde comme pas une, dirait mon père plus tard. Elle l'aurait voulu pour elle seule. Après avoir réussi à chasser la mère, elle voulait la peau de la fille. Elle s'accrocherait comme une moule au rocher. Je n'avais pas trente-six solutions. Je devais endurer ses manœuvres sournoises. Elle se défoulait plus encore quand nous étions seules, me harcelant au moindre prétexte. Ce n'était pas facile de me trouver un refuge. Je n'avais de tranquillité nulle part. Avant longtemps, je n'aurais pas la possibilité de m'enfuir. La bonne idée de mon père, ça avait été malgré tout la caravane. Il avait senti la menace qui pesait sur son emploi et ce choix aurait dû limiter la casse. Mais voilà, quand ça avait vraiment mal tourné, il avait revendu la voiture, sans songer à déplacer d'abord la caravane. Il avait perdu le bon sens. Nous aurions pu nous en aller ailleurs, trouver un lieu plus agréable, à l'abri dans les terres, comme un camping avec toutes les commodités. Ça n'aurait peut-être pas dégénéré pareil. Il y aurait eu des gens autour, des gens dont nous aurions craint le regard. Nous aurions eu l'obligation de nous tenir convenablement, de contrôler nos humeurs. Quelqu'un serait peut-être même venu à notre secours. Désormais, nous serions liés à cette caravane comme un chien à sa niche.

Comment Sandrine est-elle morte ? De la manière la plus simple et la plus brutale qui soit. C'était une douce journée de printemps. Le vent chassait la pollution vers le large. La porte de la caravane était ouverte. J'avais déroulé un câble pour pouvoir repasser dehors. J'étais de corvée de repassage. La chose était prévue. Je n'avais pas lambiné à la sortie des classes. Je ne disais trop rien car Sandrine s'était farci le lavomatic, ça lui avait pris toute la matinée, elle avait suffisamment râlé. Papa s'était installé dans un pliant et lisait le journal. Pas de doute que le prochain week-end, avec un temps comme celui-là, une foule de gens se répandrait sur la digue. Dès qu'il faisait un peu beau, ils apparaissaient. Ils venaient parfois de loin, souvent des cités défavorisées, ces barres qu'on avait construites à la hâte et qui maintenant étaient dures à vivre parce qu'il y avait la crise. Les usines ne les gênaient pas et ce n'était pas grave non plus si la mer était froide. Ils viendraient sans doute mais pour l'instant nous étions seuls dans le paysage. Il y avait un gros bateau dans le bassin. Je ne le savais pas encore, mais jamais plus je ne regarderais ce bassin de la même façon.

Sandrine est apparue dans l'encadrement de la porte. Elle avait fouillé dans mon cartable. Elle découvrait mes mauvaises notes. Elle ricanait. Ça ne la regardait pas, mais alors pas du tout. Même mon père s'en foutait. Il ne pensait pas que l'école me ferait aller bien loin, il le répétait à longueur de temps. Ça m'a énervée, et le moins supportable dans tout ça, c'est que j'étais en train de repasser son linge à elle, ses culottes, ses combinaisons, justement au même moment. La situation me semblait injuste et vulgaire. Mon père a fini par sourire et ça l'a encouragée à continuer de m'asticoter. J'aurais dû m'en fiche également, mais ça venait d'elle, qui n'avait sûrement pas mieux brillé à l'école, et qui peut-être n'était même pas capable de comprendre ce qu'elle était en train de dire. Et puis elle avait dépassé les bornes ! Soudain, je me suis redressée et je lui ai envoyé le fer à repasser dans la tête. Il y a eu un vilain bruit et elle s'est écroulée.

Papa s'est extrait de son pliant. Il s'est penché sur Sandrine. « Mince… Tu ne l'as pas ratée… » Elle était inerte dans le sable. Du sang coulait de son front. Papa l'a remuée avec son pied. Il a regardé autour de lui, vers la digue puis vers la petite écluse. Au bout d'un instant, j'ai demandé : « Tu es sûr qu'elle est morte ? » Il a dodeliné de la tête, regardant maintenant le bassin et mordant ses lèvres. Il a dit ensuite : « Ça ne changera pas grand-chose… Morte ou encore vivante, je sais ce que je vais en faire… » Tandis qu'il préparait la remorque, j'ai ramassé le fer à repasser. Je l'ai essuyé et reposé sur la table. Papa est parti pour ne revenir qu'après un long moment, avec un rouleau de plastique épais, un sac de ciment et de la corde. Sandrine n'était pas encore raide. Il l'a pliée en deux puis ligotée comme on le ferait avec un tapis pour ne pas qu'il encombre. Il l'a ensuite glissée dans un tonneau en acier qui traînait là. Il a préparé du ciment pour alourdir le tonneau. Pendant que le ciment séchait, il est allé brûler les affaires de Sandrine dans les dunes. J'avais gardé ses culottes. Tout, vraiment tout le reste est parti en fumée. Le ciment a pris et nous avons fait rouler le tonneau dans le bassin. Sandrine était morte, ce n'était pas possible autrement.

Ce soir-là, pour la première fois, papa m'a rejointe sous la couette. Au bout d'un moment, j'ai cru qu'il dormait. Mais il s'est mis à parler, tout doucement à mon oreille : « Nous ne pourrons plus jamais partir d'ici… Il faudra toujours que nous soyons là pour surveiller le bassin… » Il a baissé alors le pantalon de mon pyjama. « Je suis désolé, il a continué en me touchant… Ma chérie… Je garderai le secret… Ne sois pas inquiète, je ne te dénoncerai pas… Mais, tu comprends, il me faut une compensation… » Ce disant, il m'a écarté les jambes. Je me suis mise à pleurer. « Après tout, c'est mieux que ces choses se passent entre nous… » Ensuite, son souffle s'est accéléré, et j'ai eu très mal.

Mon père n'avait pas bougé de la banquette. Il était couché en chien de fusil. Je savais qu'il attendrait que je sois partie au travail pour se lever. Le matin, je ne perdais pas de temps. Je me coiffais vite fait. J'avais opté pour une coupe style hérisson – un peu de gel et le tour était joué. Je me maquillais dans le bus. Je ne forçais pas sur le rimmel.

Des goélands volaient en gueulant autour des pylônes du vapocraqueur. J'ai couru, voyant le bus arriver. Moins une que je le rate. Les gens devaient se demander d'où je pouvais bien sortir comme ça, mais jamais personne ne me posait la question. Ce bus-là m'aurait attendue. C'était le chauffeur qui m'aidait à descendre la bonbonne, le jour du gaz, sinon c'était un voyageur, ou alors je me débrouillais toute seule. Il m'a lancé : « Ça va, Mona ? » J'y ai fait un clin d'œil. « Quand je te vois, ça va mieux ! » Il a rigolé et je suis allée m'asseoir au fond du bus.

Me maquillant, je ne voyais pas le paysage déprimant et mon fardeau s'en trouvait quelque peu allégé. Tous les matins que je prenais le bus, je me disais qu'un jour, j'abandonnerais mon père à sa caravane, à son bassin, à son tonneau. Tous les soirs, je pensais que je n'aurais pas le courage. Je me sentais toujours prisonnière. Mon père me tenait. J'avais honte souvent parce que, bizarrement, j'étais docile. Mais je grandissais, et ça se bousculait en moi, des nouvelles idées comme de nouveaux sentiments. Ce soir, je ne lui ferais pas à manger, je boulotterais un sandwich en douce, et surtout j'oublierais de prendre des journaux au salon de coiffure.

Mon chef s'appelait Bertrand et c'était la personne la plus gentille au monde. J'étais en avance comme ça arrivait la plupart du temps. Je me disais qu'à un moment il aurait complètement confiance et me confierait une clé pour que j'ouvre avant lui. Ça viendrait. Ça se passait bien entre nous. Jamais un accrochage. Jamais une remontrance. Je me sentais à ma place dans ce job. Ça me plaisait de vendre des parfums. C'était un supermarché de pauvres. Les gens dépensaient selon les priorités. Mais c'était pour moi un petit paradis. On prend plaisir à un seul rayon de soleil après des jours et des jours de ciel gris. Il y avait pire façon de gagner sa croûte. C'était quand même formidable : je gagnais ma croûte !

Bertrand a fini par apparaître. Il a remonté la galerie, le nez dans un magazine. Quand il a été près de moi, il a relevé la tête : « Ah ! vous êtes là... », comme si c'était une chose qui le surprenait. Il a ouvert la boutique puis s'est enfermé aussitôt dans son bureau. J'avais du pain sur la planche, si bien que je n'ai plus pensé à cette étrange attitude. Je me suis occupée du réassort. Nous avions été livrés la veille. J'ai déballé des cartons et complété les rayons entre deux clients. Sur le coup de midi, Bertrand est ressorti de son bureau et il a dit : « Vous pouvez prendre une heure pour déjeuner, Mona… » J'ai froncé les sourcils. « Mais… d'habitude… j'achète un sandwich et je le mange ici… » Il évitait de croiser mon regard. « Faites ce que je vous dis, sans discuter… » Alors je n'ai pas discuté.

Une fois n'est pas coutume, j'ai pris le chemin de la cafétéria. Je me suis mise dans la queue et c'est après la caisse que l'angoisse s'est mise à monter. Je voulais me gâter parce qu'il faut toujours se gâter après qu'une chose n'a pas tourné rond. Mais ça continuait à ne pas tourner rond. Ma place n'était pas là. Ma place était à la boutique. Bertrand n'avait pas agi comme pour me faire plaisir. Il voulait se débarrasser de moi et je me demandais bien pourquoi. J'avais pris de la raie aux câpres et du riz, et même un dessert, une part de tarte aux pommes, qui a eu du mal à passer. Quand on est né pour ainsi dire dans les ennuis, on les sent venir, et si miraculeusement on y échappe, ça ne tombe de toute façon jamais loin. Maintenant, je réalisais que Bertrand ne m'avait pas aidée à porter mes sachets la veille au soir. Et ce matin, c'était tout juste s'il m'avait dit bonjour.

Tout l'après-midi, je me suis comportée comme si j'avais commis une faute. Je rougissais sans raison. J'étais sur mes gardes. J'avais l'impression que Bertrand m'épiait. Ce n'était pas le cas mais j'ai fini par la commettre, cette faute. J'étais nerveuse. Un carton m'a échappé. Il était en haut de la pile. J'arrachais le ruban adhésif. Je ne sais pas comment c'est possible mais il a glissé et s'est écrasé au sol. Ce n'était pas une grande marque mais il y en avait pour de l'argent quand même. Le carton avait déversé les petites boîtes qui contenaient les flacons. Le parfum suintait déjà des emballages. Plusieurs flacons s'étaient brisés. Plutôt que d'aller chercher une serpillière, je restais là à regarder le parfum qui se répandait. Bertrand est alors arrivé, sans doute intrigué par le bruit. Il ne paraissait pas fâché. J'allais dire que j'étais désolée, que je rembourserais, s'il le fallait, mais il a eu un geste de la main, il n’avait pas besoin de mes excuses, il aurait fini par me l’annoncer tôt ou tard, pourquoi ne pas profiter de ce moment après tout. « Mona, je vais devoir me séparer de vous… » J’étais prête à recevoir une brimade mais pas à cela. Il ne plaisantait pas. Il me poussait dans le précipice.

9

Trois phoques

Gilles

Ce jour-là, j'ai pris mon vélo et roulé longtemps et très loin, beaucoup plus loin que le grand chantier du terminal méthanier. Les cuves grises grandissaient peu à peu et commençaient à bien se voir. Elles étaient cernées par de nombreuses grues d'un beau rouge écarlate. Elles seraient immenses. Ça faisait joli, à cet instant-là, le gris et le rouge sur le bleu du ciel, et puis ça changeait du paysage habituel. Il y avait toute une zone pour le motocross, puis une route qui contournait des usines et des quais. Clôtures et talus m'empêchaient de voir les bateaux amarrés, même si je me mettais en danseuse. Bientôt, je me suis retrouvé entre les portiques du quai à pondéreux et la centrale nucléaire. Tout au bout de cette route, après un vaste espace où se dressaient aussi des bacs à pétrole, il y avait une jetée qui s'avançait dans la mer. Jamais personne ne s'était inquiété de me voir dans ces endroits avec un fusil. J'aurais pu être un méchant. J'aurais pu en faire, du dégât, si j'avais voulu !

Un pont enjambait le chenal qui reliait la centrale nucléaire à la rade. En dehors de ce pont, il n'y avait guère d'accès à l'eau. Tous les bords du chenal étaient protégés par du grillage surmonté de fil barbelé. C'était l'eau de refroidissement des réacteurs qui coulait là et le poisson appréciait la différence de température. Juste avant le pont, il y avait un petit terrain vague où les pêcheurs garaient leur voiture. J'ai mis mon vélo contre le grillage et rejoint les gars qui pêchaient sur le pont. Accoudés au garde-corps, ils surveillaient leurs bouchons dans l'eau tumultueuse du chenal. C'étaient des gars qui ne parlaient jamais beaucoup. Ils ne trouvaient pas curieux que je vienne là et que ça me plaise de les observer. Tous avaient des têtes pas possibles, ils ne respiraient pas la bonne santé, mais ils étaient parfois capables d'un sourire. L'homme dont j'étais le plus près avait le blanc de l'œil qui tirait sur le jaune et la peau du visage presque grise. Je le voyais souvent, pile au même endroit. La roulée collée au coin des lèvres, il fixait sa ligne. À chaque fois, il paraissait remplir de moins en moins ses vêtements. Il se dégradait là comme toute chose qui rouillait dans le secteur. La pêche était sans aucun doute le seul plaisir de toute sa chienne de vie. Ces gars, pour la plupart, venaient de quartiers qui étaient pires que celui où je vivais moi-même. Ce n'était pas à eux qu'il fallait venir dire qu'il y avait peut-être encore un peu d'espoir quelque part. Tu fais avec ce que tu as et ce n'est plus très grave si la planche est tellement pourrie que tu passes à travers. « Ça pêche ? » Il m'a regardé en coin. J'ai insisté. « Tu le manges, le poisson que tu pêches ? » J'ai cru qu'il ne me répondrait jamais. C'est seulement après un moment qu'il a marmonné : « C'est pas juste pour le sport… Tu nettoies le poisson et c'est bon… » En biais par rapport au chenal, se découpaient, sur un ciel maintenant jaunâtre, les six réacteurs de la centrale nucléaire. C'était une masse menaçante au pied de laquelle on se sentait bizarrement à l'abri. L'homme a suivi mon regard. « Il faut bien que ça profite un peu… » Ces paroles étaient encourageantes mais, pour l'instant, le poisson ne mordait pas.

Je scrutais l'eau trouble, j'avais mal aux yeux, et cela a fini par me lasser. Longeant la clôture surmontée de barbelés, je suis descendu jusqu'au bord de la rade. Si le grillage interdisait de s'y aventurer, rien n'empêchait de regarder. De ce côté du port, les bateaux rentraient sans avoir à passer par des écluses. Il s'agissait de porte-conteneurs, de ferries et autrefois de tankers qui venaient se faire pomper à un appontement désormais hors d'usage. C'était une rade plus vaste que celle qui accueillait plus au nord les minéraliers. À marée basse, se découvraient plusieurs plages propices aux oiseaux. J'ai repéré des bécasseaux, des courlis et des chevaliers ainsi qu'une belle bande d'huîtriers. Ils étaient à bonne distance mais je les ai visés malgré tout avec ma carabine. J'imaginais que je tirais, faisant avec la bouche des bruits de détonations. Il y avait des oiseaux partout et je n'ai pas vu tout de suite les phoques. L'œil dans la mire, je remontais la petite plage qui s'amorçait à la sortie du chenal et s'étendait jusqu'à l'appontement à pétroliers. Ce n'était pas leur endroit habituel. Je suis passé dessus. Et puis mon œil est revenu en arrière. Ils étaient trois, chacun d'une couleur différente, un gris clair, un roux et un crème. Ça faisait longtemps qu'ils m'avaient repéré, eux. J'étais trop éloigné pour qu'ils aient réellement peur mais ils ne me quittaient pas des yeux.

J'ai passé un petit moment à les viser. La mer remontait et au fur et à mesure ils rampaient sur le sable pour rester au sec. Ils étaient en train de perdre leur fourrure d'hiver. Ils étaient longs et gras comme des boudins. Comme je ne constituais vraiment aucun danger, ils ont fini par se détourner. Le changement de marée était maintenant plus net. Les phoques se déplaçaient plus souvent, lamentablement. Ils se remettaient dans cette drôle de position qui faisait penser à une banane, puis ils bougeaient à nouveau. Ce n'était pas possible de passer derrière le grillage, et de toute façon cela ne m'aurait avancé à rien à cause du chenal. Je pouvais tirer quand même mais le plomb se perdrait dans la nature et surtout j'éveillerais l'attention du vigile chargé de surveiller l'appontement abandonné. Celui-là était dans le piège plus que n'importe qui d'autre, coincé dans son Algeco, derrière ses clôtures, et le plus triste c'est qu'il n'y avait pas besoin qu'il ouvre la bouche pour se rendre compte que c'était un parfait abruti. Un jour, nous nous étions retrouvés face à face de chaque côté du grillage et j'avais eu envie de lui jeter des cacahuètes.

J'avais le sourire, et au retour, sur presque toute la distance, j'ai roulé en danseuse, sillonnant la chaussée comme un demeuré, je n'avais pourtant pas mangé de poissons contaminés. Je ne parlerais à personne des trois phoques, pas plus à mon père qu'à Jérôme ou Louis. Je me faisais un film dans ma tête. Il leur arrivait donc de changer d'habitude. Je ne les avais jamais vus auparavant sur cette plage, si près des humains. Ça voulait dire beaucoup de choses. Que les travaux du terminal gazier les dérangeaient sans doute. Même si ce n'était pas le cas, ils devenaient moins méfiants. Il fallait voir comme ils m'avaient tourné le dos ! Ils pourraient perdre toute prudence et s'aventurer dans le grand chenal où je les attendrais de pied ferme !

J'ai laissé mon vélo et couru dans les dunes. Aussitôt, je suis tombé dans une embuscade. L'ennemi était armé jusqu'aux dents. J'ai sauvé ma peau de justesse. Ça m'a ralenti, oui, mais je suis arrivé finalement sans trop de bobos en vue de notre blockhaus. Mona était dessus. Je ne m'attendais pas à la voir là. La journée parfaite ! Trois phoques et Mona ! J'ai essayé de la surprendre. Je me suis caché, approché en silence, puis j'ai grimpé sur le toit. J'étais tout près quand elle m'a remarqué. Je voulais la bousculer, et que nous partions rouler tous les deux en rigolant. Elle a réussi à m'éviter et j'ai rigolé tout seul. « Tu es bien gai… » Eh ! Il commençait à pleuvoir, des gouttes qui faisaient de gros trous dans le sable. « Il m'est arrivé un truc fantastique… » Mona se tenait très droite sur le toit du blockhaus, les bras serrés tout contre elle. Ce n'était pas une heure où elle se montrait d'habitude. Je ne suis pas idiot, alors j'ai proposé que nous nous mettions à l'abri.

Nous n'avions pas dégagé tout le sable et le couloir d'entrée se traversait à quatre pattes. Mona est passée devant moi. Ensuite, il y avait notre salle, où on pouvait se tenir debout, mais nous n'avions pas tout enlevé non plus parce que c'était moins dur sous la couverture. Mona s'est recroquevillée dans un coin et j'ai allumé la lampe à pétrole, faisant naître aussitôt mon ombre sur le mur plein de graffitis. « Ça va pas, hein ? » Mona fixait la flamme. Je ne lui ferais pas le coup du bombardement. Tu as entendu ? Ça se rapproche ! Des stukas ! Celle-là est tombée juste à côté ! Ils finiront par avoir notre peau ! Ça durait un moment puis les avions s'éloignaient. Je refusais que nous sortions tout de suite, et j'en profitais pour essayer de la tripoter.

Mona a sangloté longtemps et j'étais le nigaud qui ne savait pas quoi faire pour la consoler. Si seulement elle me disait ce qui se passait, mais à part des larmes et des reniflements il n'y avait rien d'autre qui sortait d'elle. « Avec toutes les larmes qui coulent de tes yeux, tu ressembles à une fontaine… Je n'aurai pas besoin d'eau si j'ai soif… Il me suffira de te lécher les joues… comme un petit chien… » J'ai presque réussi à la faire sourire. Son visage était tout rouge de pleurer, les mouchoirs usés s'amoncelaient à côté d'elle et ça me nouait les tripes. Si ça avait pu la réconforter, je lui aurais raconté mes trois phoques.

Un peu plus tard, j'étais tellement triste et en colère que je ne pouvais plus parler sans dire de gros mots. « C'est dégueulasse… Tu fais tomber un putain de carton, tu le fais pas exprès, et il te vire ! Merde ! » Mona avait fini par tout me dire. Sur l'instant, sous le choc, elle n'avait pas eu la force de se rebiffer. Elle avait pris sa veste et elle était partie. C'était injuste. Quand on est faible, on a tort. C'est toujours la loi du plus fort. Je savais de quoi je parlais. Le plus fort, il t'écrase sous son talon comme une fourmi négligeable. « Ça ne se passera pas comme ça... Je vais y dire deux mots à ce salopard... » Mona s'est alors fâchée. « Tu ne vas rien dire du tout, Gilles, tu n'en parleras même pas à Louis. À deux, vous seriez bien capables de faire une bêtise... Tu me promets ? » J'ai grommelé. Il y avait du bon là-dedans. L'air de rien, elle laissait entendre que ce serait un secret entre nous, que d'une certaine façon j'étais son préféré. « C'est pas possible, elle a continué. Il doit y avoir une autre raison. Son commerce va pas si bien que ça... C'est dur en ce moment... » Oui, et puis quoi encore ? « Tu ne vas tout de même pas le plaindre, après ce qu'il t'a fait ? Ça ne va peut-être pas bien pour lui, mais c'est pas une raison pour t'humilier... »

La lumière de la lampe faiblissait et je ne savais plus trop quoi dire. Nous allions manquer de pétrole. Bientôt, nous serions dans le noir. J'aurais donné cher pour une bière. Louis pourrait arriver avec un pack mais je n'avais pas envie de le voir. Malgré toutes les choses pénibles, ça casserait un truc agréable. Mona là toute fragile et vulnérable et moi qui n'avais jamais été aussi près de la prendre vraiment dans mes bras. C'était peut-être bien le moment. J'avais déjà pris plusieurs fois ses mains dans les miennes. C'est fou comme un être malheureux peut monter en température. Elle était brûlante. « Ça fait du bien de vider son sac... » Mona s'est nichée dans mon cou plus que je ne l'ai attirée à moi. Ça a eu du mal à sortir mais j'ai fini par lâcher : « Tu me plais, Mona... » Je pensais qu'elle rirait, mais elle a dit : « Et Louis ? Qu'est-ce que tu fais de Louis ? » Louis était la dernière personne à laquelle j'avais envie de penser. « Ben quoi ! Louis, tu n'es pas mariée avec lui ! » Là, elle a ri, avant de reprendre très vite son sérieux. « Si tu crois que je ne m'en suis pas aperçue ? Si tu crois que je ne sens pas que tu durcis contre ma jambe quand tu me colles... » Le rouge est monté à mes joues. Quelques secondes, j'ai retenu mon souffle.

« Je ne veux pas me moquer de toi… C'est normal… Ça se passe comme ça dans la nature… »

C'était tout de même bizarre d'exprimer les choses de cette manière. Mona s'est détachée de moi. Elle s'est mise sur les genoux. Elle filerait comme souvent, peut-être pas en rigolant cette fois. « Alors, pourquoi pas ? » j'ai demandé avec l'espoir de la retenir. Elle a fait mine de réfléchir, puis baissant le regard elle a expliqué tout doucement : « En moi, c'est comme ici. C'est tout sale à l'intérieur… C'est tout sale partout… » J'ai haussé les épaules. « Qu'est-ce que tu veux ? Il faut bien faire avec… » Elle a relevé les yeux et m'a fixé intensément. Nous ne nous voyions plus très bien à cause de la mèche qui commençait à faiblir. « Je ne crois pas que tu comprennes. Comment te donner volontiers, et donc gentiment, ce que mon père me prend de force tous les jours… » Je suis resté bouche bée. Mais déjà, Mona filait à quatre pattes dans le couloir. « Qu'est-ce que tu racontes ? » J'ai voulu la suivre mais j'ai perdu du temps avec mon fusil. Je me suis cogné dans le passage. Ma tête a heurté le béton. Quand je suis sorti du blockhaus, Mona était très loin, et j'avais une bosse qui me faisait mal.

Le ciel était encore plus sale que d'habitude. Les usines profitaient toujours du mauvais temps ou de la nuit pour lâcher les fumées. Quand Louis a grimpé sur le toit, il a tout de suite remarqué que je faisais la gueule. Il a dit qu'il avait passé un moment avec Wilfried, que lui aussi faisait une vilaine tête, et en plus le poisson n'avait pas l'air de vouloir mordre. Deux gars, des employés de la commune, étaient en train de ramasser les ordures qui jonchaient les petites dunes de la digue. Ça, c'était plutôt cocasse. « C'est sûrement des neuneus à qui on n'a trouvé que cette occupation… Ils se sont égarés, il y a des chances… Pourquoi on irait s'embêter avec la saleté, ici… » Louis était bavard et plein de bon sens. Il lorgnait sur mon fusil. Je le voyais venir. « Tu me le prêtes ? » Il ne m'avait pas bien regardé. « Tu es peut-être plus dégourdi que les gars là-bas dans les petites dunes, mais tu ne saurais pas cracher sur tes pieds… »

Le vapocraqueur bourdonnait dans notre dos. Nous étions maintenant assis l'un à côté de l'autre. Le vent balançait les oyats. Du sable volait des dunes par bourrasques. C'était de cette façon que peu à peu notre blockhaus disparaissait. À ce moment, car elle était haute, la mer faisait une ligne épaisse, vert-bleu, entre les dunes, c'étaient des vagues qui déferlaient comme dans un berceau de sable. Des sternes voletaient en criant au-dessus de ces vagues. Mes phoques étaient peut-être à batifoler là-dessous. Ils bouffaient tous les poissons que Wilfried aurait bien aimé bouffer lui-même. Wilfried n'était pas dégoûté. Mes phoques ne perdaient rien pour attendre. « Alors ? a demandé Louis, tu ne veux pas me dire ? » J'y ai donné un coup de coude. « Tu ne me croirais pas… Et ce n'est pas des choses qu'on raconte aux gamins ! » Ni une ni deux, j'ai giclé alors du toit. J'ai sprinté vers les vagues et Louis m'a poursuivi tout en criant : « Tu vas voir un peu si je suis un gamin ! » Des goélands s'envolaient devant nous. Je ne préférais pas m'arrêter. Ça valait mieux. J'étais habitué à prendre des coups, pas Louis.

10

Un homme battu

Wilfried

Ça me retournait encore le cœur, d'y penser, j'avais envie de vomir. Une soirée d'horreur. Josiane m'avait coincé juste après le coucher des aberrants. Il était tard. Malgré l'école. Qu'importe, ce n'étaient pas des lumières. Ils étaient autorisés à veiller les soirs de match. *On* avait perdu… J'ignorais pour qui elle tenait ce coup-ci. Josiane était dégoûtée. Les gosses sont partis se coucher et elle m'a collé contre le mur. Je ne pouvais pas crier, hein ? Elle m'a traîné dans la chambre et poussé sur le lit. Elle a ôté son survêtement et s'est frotté les mains. Puis elle a bondi. « Goal ! » Je ne pouvais pas non plus lui échapper.

Jamais je ne m'étais senti à ce point humilié. Sa bouche baveuse sur la mienne, et le dégoût que j'avais. Sa bouche, qui refoulait la petite bière, faisait penser à une lamproie. Elle s'est frayé un passage entre mes lèvres. Elle était presque à mordiller ma langue, et soudain, elle l'a aspirée ! L'enfer des sens ! Les yeux me sortaient de la tête. Elle était à califourchon sur moi et elle avait réussi à me placer en elle, et maintenant elle allait et venait. Je bandais et il n'y avait pas beaucoup de mérite parce qu'en même temps qu'elle me suçotait la langue, elle serrait ses gros doigts autour de mon cou. « Comme ça, elle a couiné, tu banderas mieux... » Je n'aurais pas pu lui dire que ça venait, qu'il serait temps qu'elle se soulève.

D'un bout à l'autre du match, Josiane avait picolé, et j'avais souhaité qu'elle s'endormirait tellement elle était soûle. Qu'est-ce qui m'avait retenu de partir à la pêche en surfcasting ? Je me le demandais encore. Ce n'était pas possible que les gosses n'aient rien entendu. Les ressorts du sommier grinçaient et leur chambre était juste derrière la paroi. Après quelques minutes, Josiane s'est redressée en geignant bestialement. Elle continuait à me faire coulisser dans sa matrice. Ses énormes mamelles tout aplaties claquaient sur son torse. Trois longs allaitements, parce que comme ça c'est mieux pour la santé, avaient aggravé sa silhouette. Une mauvaise odeur remontait de son bas-ventre. J'essayais de lui parler avec les yeux. Je sentais que ça venait. Je me retenais. Elle a rigolé grassement. Non, non, non... « Tu feras en moi ! » elle a alors claironné. Pas ça ! J'ai essayé de me sortir de ses mains mais elle a resserré sa prise. « Nous aurons bientôt des échéances footballistiques, et nous avons besoin d'un buteur... le meilleur de sa génération... » Mes yeux criaient. Non ! Mon Dieu, épargnez-moi ce tourment ! Les trois morveux que nous avions, j'avais déjà envie de leur éclater la tête contre le béton, comme je le faisais avec mon poisson pourri sur la digue, et que les goélands les emportent ! alors un quatrième, qui plus est footballeur ! « Nous l'appellerons Lionel, comme le Messi... » Non, pas un footballeur ! Je me suis encore débattu comme un beau diable. J'ai essayé de la basculer sur le côté. J'ai pincé ses nichons flasques. Mais ma semence, soudain, est montée, a jailli et l'a copieusement inondée. « Ah ! » Josiane a penché la tête en minaudant, puis elle a dit : « Et comme ça, hein ! on aura un peu plus d'allocations... »

Toujours à califourchon sur moi, elle avait alors attrapé un des paquets de cigarettes qui traînaient sur la table de nuit. C'était la meilleure, la clope après l'amour.

Nous étions le lendemain. J'avais préparé mes lignes, j'étais assis à l'abri sous le hayon, mais je n'avais pas l'esprit à la pêche. C'était un coup à vouloir se venger sur quelqu'un. Un autre chiard, à nos âges, s'il y avait une justice, il mourrait à la naissance, ou ça serait un gosse tellement mal foutu qu'il nous faudrait le piquer.

Louis, que j'avais vu arriver de loin, qui avait couché son biclou sur le bitume et m'avait rejoint, ne pouvait pas imaginer. Ce garçon ne savait pas toute la misère de ma vie, jusqu'où on peut obliger un homme. Tiens, Josiane, c'était l'énorme araignée sur la toile, et moi le petit bonhomme qui, doucement, se faisait becqueter. Ça a mordu et Louis s'est occupé de ramener le poisson. C'était une limande. « Tu peux la garder, si elle te donne envie… » Il a refusé mon cadeau avec un sourire. « Ah ! non… sans vouloir te vexer… »

Des hommes, dont je m'étais longtemps demandé ce qu'ils traficotaient, s'étaient approchés à travers les petites dunes. Vêtus d'un gilet fluo et de gants épais, ils ramassaient des détritus sur fond d'usine polluante. Chaque sac qu'ils remplissaient était mis sur la digue et je pensais qu'une camionnette passerait les prendre plus tard, en même temps que les gars. À un autre moment, ça m'aurait fait marrer. Louis ne s'est pas gêné. « Bah ! j'y ai fait, tant qu'à vivre dans la laideur, autant que ça soit propre… » Louis voyait bien que je manquais d'entrain. Il a nettoyé la limande puis s'est rassis à côté de moi. Comme je n'avais pas encore manipulé de poisson, j'ai passé une main dans ses cheveux. Il n'a pas esquivé. Gilles, un tel geste l'aurait fait bondir. Je ne m'y risquais plus. Ça me faisait dire que tous les gosses étaient très différents, sauf les miens qui étaient juste bons à jeter. Louis avait des sorties surprenantes, comme à cet instant, alors qu'il regardait un vraquier passer et que des hirondelles de mer plongeaient dans les vagues. « Tu vaux pour quoi après la mort ? » Il m'en posait une question ! Je me suis creusé le crâne. Louis méritait un effort d'intelligence. « Pour la trace que tu as laissée… Pour l'influence que tu as eue… Pour l'amour et l'amitié que tu as donnés… » Ça voulait dire que je ne valais rien.

Les ramasseurs de détritus se sont évaporés. Louis a grimpé sur son vélo et je me suis retrouvé tout seul à penser à mon engeance sportive. J'essayais de me persuader que trop de temps avait passé et que ça ne marcherait pas cette fois. Le moule est cassé. Maman, si ça se trouve, a une cirrhose. Et puis, la Nature est généreuse, mais il y a tout de même des limites.

Je resterai là toute la nuit, pas question de rentrer, je me disais, quand Cyril a radiné avec deux bouteilles de rouge, pas une, deux. Ce n'était pas que ça me réjouissait de le voir, mais il était sans doute plus à plaindre que moi et ça me consolait quelque peu. Depuis un moment, les ponts des écluses étaient relevés la nuit, et ceux qui se trouvaient coincés sur la digue n'avaient plus qu'à attendre le lendemain. J'étais de ceux pour qui c'était un choix. Il y avait cette sensation d'être soudain coupé du monde, sur un bout de terre détaché provisoirement du rivage. C'était alors le pied pour la pêche en surfcasting. D'autres perdaient la notion du temps et quand ils voyaient les ponts se relever à leur nez, ils n'avaient plus qu'à se mordre les doigts, et à se geler les fesses, parce que, c'était sûr, ils n'avaient rien prévu, même pas une couverture, encore moins une bougie ou à boire. Des gars emmenaient leurs petites amies en balade et s'arrangeaient le coup comme ça. Le garçon empruntait la voiture de papa. S'il choisissait cet endroit, ce n'était pas pour la beauté du paysage. Une fois les ponts relevés, il fallait bien s'occuper. De la buée apparaissait sur les vitres. Mademoiselle était rarement dupe de la manœuvre. Et ainsi le monde continuait à être peuplé de petits monstres.

Cyril a brandi les bouteilles très haut. « Sauvées de la déroute ! » il a lancé, sans même un sourire. Comme je n'avais pas envie de rire, nous nous sommes mis à boire avec morosité. De mon côté, j'avais une bouteille de rosé dans la glacière, nous étions parés. De temps en temps, je me levais pour inspecter les cannes, mais pour l'essentiel nous buvions, à petites lampées, afin de tenir un moment. Je ne pouvais pas me désintéresser complètement de mes lignes. Je me serais fait honte. J'avais trop ça dans le sang. Car la pêche en surfcasting, c'est tout un art, c'est pas comme traverser un bassin de flotte en cinquante secondes et gagner une breloque si les autres ont été trop nuls ! Cyril m'a écouté me plaindre et puis il a lâché un peu de son morceau de malheur à lui.

« Et c'est qui, maintenant, qui va m'apporter des journaux ? » Ce n'était pas le plus grave, à mon avis, mais bon, il faut bien s'agripper au petit bout d'épave qu'on trouve dans la tempête, si ça permet de ne pas perdre tout à fait espoir. « Je pourrais t'en prendre, moi, des journaux ? » Cyril m'a attrapé l'épaule et l'a pétrie, un geste qui se voulait plein de reconnaissance. « Tu... Tu ferais ça ? Pour moi ? » Il était sincèrement ému. Un peu de temps a passé. J'ai sorti deux belles limandes, que j'ai nettoyées et jetées dans le seau où se trouvait déjà la limande de Louis, puis Cyril a rempli nos verres. « Ben ouais... Mais les journaux, je m'en sers pour vider mon poisson... » Il a hoché la tête, semblant réfléchir. Un petit vent frais se levait. La couleur du ciel changeait avec la marée. « Eh ben, je lirais les journaux, et puis je te les rendrais... » J'ai lampé mon verre et reniflé mes doigts. C'était un des rares problèmes de la pêche en surfcasting, de la pêche en général : les doigts puaient le poisson et comme de temps en temps il fallait bien pisser, le sexe puait aussi. Je me suis écarté, disant : « Ah ! ouais… Pas bête… » La pisse s'est écoulée en moussant entre mes pieds sur le béton de la digue. « Faut trouver le bon roulement, c'est tout… »

Ensuite, Cyril s'est mis à disserter sur le travail, et ça a fini de me plomber le moral. De nos jours, il fallait faire preuve de flexibilité, de souplesse et d'adaptabilité ! Sans rire, on causait comme ça dans les journaux, même à la télévision. C'étaient des qualités indispensables dans le contexte économique. Sûr, le contexte n'était pas bon, et d'aussi loin que je me souvenais, il n'avait jamais été beaucoup mieux, à part pour les gros qui continuaient à s'enrichir. C'était toujours aux petits de s'adapter, tellement qu'ils ne cessaient jamais d'en baver. C'était profondément injuste, sans compter le mépris. « Ma gamine n'est pas maladroite… C'est vraiment pas de sa faute si le carton est tombé… Eh ben, tu vois, son chef, ce Bertrand, il a saisi l'occasion pour lui en faire voir… Il a viré ma petite Mona comme une malpropre… » Il y avait sans doute des recours, les prud'hommes ou je ne sais quoi, mais sa petite Mona, comme il disait, avait sa fierté. Ils n'allaient quand même pas tout nous prendre.

Cyril broyait du noir. Il n'y en avait pas un pour rattraper l'autre. Dans une heure ou pas loin, les ponts seraient levés. Je n'aurais alors plus d'autre choix que celui de passer la nuit là. Cyril, il s'en fichait, il avait sa caravane près de la petite écluse, il se laissait piéger tous les soirs et s'en trouvait très bien. Les deux bouteilles de rouge avaient déjà été sacrifiées sur l'autel du chagrin. J'avais débouché le rosé et ce n'était peut-être pas la meilleure chose à faire. L'ivresse nous gagnait. « Un jour, a grogné Cyril, ce fameux Bertrand, je l'ai croisé par hasard dans la galerie marchande, et tu sais quoi ? » Comment pouvais-je savoir ? « Eh ben, il m'a regardé de haut, comme si j'étais un mendiant… Il a même fait des allusions, il ne pouvait pas ignorer que j'étais le père de Mona… Les temps étaient difficiles, j'en savais quelque chose… Tu vois le genre d'insinuations ? » Je voyais très bien, et si ce n'était pas du mépris, ça y ressemblait drôlement. Cyril se tenait courbé et quand il ne buvait pas, il s'amusait à plier et déplier les doigts comme pour tester leur souplesse, ce qui faisait saillir les grosses veines sur le dos de ses mains. On peut juger un homme à ses mains, on peut estimer tout le labeur qu'il a enduré. Cyril avait de bonnes mains d'ouvrier. Ce n'étaient pas des mains avec lesquelles on joue de la harpe. Il a continué : « Parce que, quand tu emploies une gamine pour peau de balle, forcément, son père est un loqueteux… »

Nous continuions à téter notre rosé, maintenant directement à la bouteille, comme au biberon. Des oiseaux passaient et Cyril devait vraiment se sentir mal car il ne m'avait pas parlé un seul instant des pingouins qui en étaient ou n'en étaient pas. L'ivresse me rendait le souvenir de mon dernier accouplement avec Josiane encore plus terrifiant. Elle m'étranglait, me coinçant entre ses jambons, et je bandais ! Étions-nous donc des bêtes ? Je ne pouvais pas parler de ça à Cyril. Moi, un homme battu ? Ça l'aurait fait rigoler et j'aurais perdu tout son respect. Ferme-la, Wilfried, nous ne sommes pas dans un concours de souffrance. Montre-lui que tu es un homme, un vrai… Cyril a demandé tristement : « De quoi allons-nous vivre ? » Il n'allait quand même pas se mettre à pleurer. Sa gamine trouverait un autre boulot. Elle était courageuse. C'était une question de temps. « Tout ça à cause de ce fumier… Tout propre sur lui, bien poli, mais ça te cracherait dans la gueule si tu avais le malheur de la garder ouverte… Combien tu paries que ce salopard a une belle bagnole, et une grande bicoque ? » Il n'avait sûrement pas non plus une obèse sur le dos. Ce gars-là, ça me paraissait maintenant évident, méritait une bonne correction.

11

Vers une explication

Cyril

La vérité est que j'avais déjà tout manigancé. Mais c'est du pot si nous avons passé la petite écluse avant la levée du pont. Je ne retrouverais ma caravane qu'au petit matin. C'était un paramètre important. Nous pourrions toujours dire que nous avions passé la nuit sur la digue, à condition bien sûr que personne ne nous remarque sur le retour. Mais qui se souciait des gens qui allaient et venaient dans la zone ? Wilfried circulait là tous les jours. On se serait plutôt surpris à ne pas l'y voir.

J'avais absolument besoin de Wilfried. J'aurais pu me rendre au supermarché en mobylette mais c'est après que ça se serait compliqué. J'avais cherché dans l'annuaire. Le Bertrand habitait au diable vauvert, dans une campagne plate comme la main où il y avait si peu d'arbres que lorsque le vent soufflait du nord, il vous cisaillait en plusieurs morceaux. En outre, indépendamment du moyen de locomotion, c'était mieux de partager les risques. Et, aussi, c'était tout de même plus agréable d'attendre à l'abri dans une voiture, même si elle puait le poisson chargé aux métaux lourds.

J'avais essayé de ne pas m'énerver, voyant Wilfried en train de ranger avec grande précaution son matériel de pêche. « Pas touche », il a fait, quand j'ai voulu lui donner la main. Je craignais qu'on relève le pont plus tôt que d'habitude. Il a ramené ses lignes, rangé ses plombs et ses moulinets et remisé ses cannes dans les housses. Tout ça a duré un temps incroyable. La pêche en surfcasting était un art, à l'en croire – fixer le bibi à l'hameçon n'était pas à la portée du premier venu –, mais Wilfried était un peu ivre et ça lui faisait prendre plus de précautions encore. Ce n'était pas qu'il tenait moins bien l'alcool, mais je l'avais laissé boire plus que moi.

Nous avons passé la petite écluse et foncé sur la route du vapocraqueur. La voiture tanguait mais ce n'était pas à cause du vent. « Et dire que ma petite Mona, à l'heure qu'il est, doit être en train de se morfondre… » Et dans pas longtemps, elle se demanderait où j'étais passé. Ça lui ferait bizarre de se retrouver toute seule dans la caravane. Mais elle n'irait pas alerter les voisins ! Elle se moquait bien de son vieux père. La marmaille, ça n'a pas toujours la reconnaissance. Elle n'imaginait pas une seconde tout ce que j'étais prêt à faire pour elle. « Ça va, Wilfried ? Tu n'as pas de problème avec la route ? » Le seau de limandes bringuebalait à l'arrière. Je pensais qu'il ferait mieux de ralentir car nous arrivions dans la zone commerciale.

Le parking était presque vide, tous les magasins étaient maintenant fermés au public, et les belles voitures garées encore là appartenaient certainement aux chefs. Ça ne pouvait pas avoir que des avantages d'être chef. Le soir, après le départ des larbins, il y avait encore à faire, vérifier la caisse, ce genre de choses. Je me demandais si le Bertrand avait déjà remplacé Mona, si le carton tombé par terre n'avait pas été un prétexte, parce qu'il y avait quelqu'un de la famille à placer, ou une petite fraîchement tombée du nid qu'il pourrait payer moins cher et tripoter à son gré. C'était vraiment un sale type.

Il est sorti du magasin un quart d'heure plus tard, sans se douter que nous l'attendions, Wilfried et moi. « Et on fait quoi, maintenant ? » Il s'est dirigé vers une voiture qui ne payait pas de mine, mais il ne faut pas se fier aux apparences, il avait sûrement mis toute son oseille à gauche. « On lui colle au cul, pardi ! » Il a démarré et nous aussi. Ça va sans dire que nous n'étions pas sortis de la zone, et que nous avons dû rouler encore un petit moment avant de déboucher sur la campagne, et c'était une campagne très spéciale car les champs étaient traversés par plusieurs rangs de pylônes immenses, reliés entre eux par des gros fils. Toute l'électricité produite par la centrale nucléaire passait dans ces fils. D'abord très concentrés au milieu des champs, tellement qu'il semblait que c'était comme ça à l'infini, les rangs de pylônes s'écartaient les uns des autres et finissaient par se disperser sur le territoire. On savait l'utilité de ce montage mais c'était quand même difficile d'imaginer qu'au bout de tout ça il suffisait à un gars, même à un imbécile, d'appuyer sur un bouton pour avoir de la lumière.

Notre chef a roulé dans la forêt de pylônes, puis il s'en est éloigné. Il a pris la direction d'une autre campagne, moins électrifiée, que je connaissais bien. Quand j'étais gosse, j'y venais avec mon vieux. Lui était en mobylette, moi à vélo. Mon vieux roulait devant. Je m'essoufflais derrière. Il faisait mine de m'attendre, je parvenais à sa hauteur, et soudain il redonnait un coup d'accélérateur. Sans me demander s'il n'était pas en train de se foutre de moi, j'essayais alors à nouveau de le rattraper. Ce manège pouvait durer un moment. J'avais le cœur au bord des lèvres. Les muscles de mes jambes étaient tendus à rompre. L'hiver, vent de face, j'étais persuadé que j'allais crever. Mon vieux ne riait jamais. Il s'imaginait que c'était une vraie leçon qu'il me donnait. Ça lui plaisait de penser qu'il m'endurcissait ainsi le caractère. D'autres fois, nous nous arrêtions dans une prairie et nous surveillions les taupinières. C'était le jeu préféré de mon vieux, choper les taupes. Il avait l'œil. Si la taupinière était toute fraîche – ça se voyait à la couleur de la terre –, ça voulait dire que la taupe était peut-être encore en train de creuser. La bestiole, à pousser trop loin sa terre à la surface, se faisait parfois remarquer. Et c'est là que mon vieux bondissait comme un chat. Il donnait un grand coup de pied dans la taupinière et la taupe se retrouvait projetée en l'air. Il l'attrapait par la queue et me la faisait caresser. Son pelage était très doux. Puis il lui éclatait la tête contre un piquet. La taupe était un animal nuisible. La prairie ne lui appartenait pas mais mon vieux ne s'arrêtait pas à si peu. C'était pour le principe, et son plaisir. Et après, on aurait voulu que je sois normal.

La campagne était plate et c'était peu de le dire. Le chef ne roulait pas vite. Il se voyait de loin. Nous n'avions pas besoin de le coller. C'était toujours le même paysage. Une route, pas très large, longeait un fossé, et il y avait des champs et parfois une maison de plain-pied entourée de saules et de peupliers. Dans le fossé, un héron pêchait, des foulques vaquaient, et souvent une poule d'eau faisait entendre son drôle de cri. « Il nous emmène où comme ça ? » s'est inquiété Wilfried. Il conduisait, il était ivre, sa conduite s'en ressentait, mais j'en étais presque arrivé à l'oublier tellement j'étais absorbé par mes souvenirs. Wilfried n'avait pas connu mon père. Il ne savait pas ce que c'était de chasser les taupes et de les zigouiller contre un piquet, malgré la peau douce. « Il va bien s'arrêter quelque part… On s'arrête toujours quelque part… » De fait, le chef a fini par ralentir pour pénétrer dans l'allée d'une maison d'apparence modeste, entourée, tiens donc, par des saules et des peupliers. Il n'est pas allé plus loin. Le garage était pourtant déjà grand ouvert. Il a claqué la portière et ramassé le courrier dans la boîte aux lettres, après quoi il a pénétré dans la maison qui, elle, était fermée à clé. Le Bertrand vivait seul, et ça expliquait qu'il ait tourné autour de ma gamine.

Wilfried nous avait arrêtés à une centaine de mètres, au bord du fossé. « C'est maintenant qu'on a des couilles ou pas », j'ai décrété, et mon ami pêcheur en surfcasting a hoché lentement la tête. Malgré tout, je me demandais si je pouvais lui faire entièrement confiance. Si ça tournait mal, il pourrait me planter là et se tirer. J'aurais alors l'air fin à des heures de marche de ma caravane, après ce que nous aurions fait. L'idéal serait qu'il ne puisse pas me lâcher, qu'un truc le retienne plus sûrement qu'une laisse. J'avais besoin d'un moyen de pression sur lui. Nous devions cimenter la solidarité. « Un secret... » Wilfried a tourné la tête vers moi. « Quoi, un secret ? » J'ai souri. « C'est une question de confiance... Il faut que je sache si tu me fais confiance... Au point de me dire un truc que tu n'irais pas dire à quelqu'un d'autre... Tu piges ? » Il a froncé les sourcils. « Qu'est-ce que je pourrais bien te raconter ? » J'y ai donné un coup de coude. « Je sais pas, un truc salace... Tu me racontes et puis nous irons lui dire deux mots, à ce gars... Eh ! tu ne vas tout de même pas penser que je serais capable de baver, ensuite ? Car c'est justement ça l'idée, qu'il y ait ce secret entre nous, que ça nous lie comme les doigts de la main, qu'un doigt puisse pas faire sans l'autre, hein ? » Je ne savais pas si ce que je disais avait beaucoup de sens, mais il avait l'air d'y croire. « On serait amis, alors, c'est ça ? » Il était en train de tomber dans le panneau. « Je veux ! Nous serons, c'est sûr, les plus grands amis du monde... »

Wilfried est resté silencieux un long moment, je ne voulais pas le brusquer, puis il a commencé : « Bah... Ça fait longtemps que j'ai cette histoire sur le cœur... Grâce à toi, ça sera peut-être moins lourd à porter... » Si, en plus, ça lui rendait service. Pendant qu'il narrait, je continuais à surveiller la maison. C'était calme. Un merle chantait, perché sur l'antenne de télévision.

Le chef n'avait pas encore allumé. J'espérais qu'il n'aurait pas l'idée de repartir. Il tomberait sur nous. Ça serait des complications. « Ça remonte à dix bonnes années… C'était la nuit et je pêchais en surfcasting… » Wilfried prenait son temps, ça avait du mal à sortir, je pouvais comprendre, sinon il n'aurait pas gardé cette histoire pour lui toutes ces années. « Elle est arrivée de loin… Elle ne portait presque rien sur elle… J'ai proposé qu'elle reste avec moi pour pêcher et elle est restée… Qu'est-ce que tu aurais pensé à ma place ? » C'était pas des idées de se promener la nuit sur la digue, surtout quand on était une femme, alors forcément elle avait des envies, ça la démangeait. « Seulement elle s'est débattue, et j'ai dû la forcer… » Je pensais attraper un merlu et voilà que j'avais une baleine au bout de ma ligne. Je n'en revenais pas, très sincèrement. « Tu veux dire que… tu l'as violée ? » Wilfried m'a lancé des éclairs. « Me juge pas, hein ? » Ça ne me viendrait pas à l'idée. Cette femme l'avait sans doute bien cherché. Et puis ça faisait dix ans, il y avait prescription. L'avait-il revue ? « Non… Je lui ai conseillé de ne rien dire à personne, et elle a disparu dans la nuit… » Si elle n'avait pas aimé ça, malgré les menaces, elle aurait prévenu la police. Comme je voyais les choses, Wilfried n'avait pas à se tourmenter. Et j'étais son ami. Il pouvait me faire confiance. Je ne le répéterais à personne. À moins qu'il ne me fasse un coup de pute.

On en voit ! Quand même, il en arrive de ces choses dans la vie. Le pire naît toujours du hasard. Dommage que nous n'ayons plus rien à boire. « Nous avons bu tout le rosé… » Ce n'était pas de chance. « Tu es sûr ? » Je n'avais qu'à regarder dans la glacière. Sous des bouteilles vides, des chiffons humides, j'ai dégoté une boîte de bière nordique. Eh ! J'ai tiré sur la languette et absorbé le breuvage. « Tu en veux, peut-être ? » Wilfried a fait non de la tête. La bière avait comme un goût de poisson. « Qu'est-ce qu'on fait ? » À mon idée, c'était bien d'attendre encore, et de se motiver. « Qu'est-ce qu'on va lui dire ? » C'était une grave et vraie question. Ça me revenait de mener la discussion. « Tu vois, Wilfried, c'est pas parce qu'on est les moins forts qu'il faut nous fouler aux pieds… » Ma petite Mona, elle n'avait pas mérité ça. On ne virait pas les gens pour un carton tombé par terre. Ce n'était pas bien de se comporter ainsi. « Bon, d'accord, a admis Wilfried, mais on reste calmes, surtout on garde notre sang-froid… » Il n'y avait aucune raison qu'il en aille autrement. « Il s'agira surtout de résister à la provocation… »

Nous sommes sortis de la voiture. Nous avons refermé les portières sans les claquer. Le merle chantait toujours sur l'antenne. Ça ne l'a pas dérangé quand nous avons remonté l'allée. Nous avons contourné la voiture de Bertrand. J'ai grommelé : « Passons par le garage… Équipons-nous, des fois que ça dégénère… » D'un même élan, nous avons pénétré dans le garage. J'ai repéré un interrupteur et pensé à tous les pylônes qui se dressaient dans les champs pour que n'importe quel imbécile ait de la lumière à l'autre bout. J'étais plus près du bouton mais j'ai fait signe à Wilfried d'allumer. « Pourquoi moi ? » J'ai souri. Contre un mur, il y avait une bêche, une pioche et un râteau. Dans un coin, une tondeuse. Sur un grand établi, beaucoup d'outils. J'ai attrapé un marteau, du genre qu'on peut frapper avec mais aussi extraire des clous, et du fil de fer. Wilfried, lui, a pris une tenaille. C'est un bon outil, la tenaille.

TABLEAU III

12

Le déménagement

Michel

Deux ouvriers de maintenance du pont sont venus, Jean-Louis et Mouloud, des rugueux, qui parfois prenaient le temps de plaisanter, cela ne faisait pas de mal. C'était après le passage du *Medi Tokyo*, minéralier battant pavillon Italie de deux cent vingt-cinq mètres et soixante-quatorze mille tonnes environ. Jean-Louis et Mouloud avaient deux heures devant eux. J'ai préparé une Thermos de café et je les ai rejoints sur le quai. Ils étaient déjà à la tâche. Le pont était basculant, de type Scherzer, avec une structure de poutre Warren en treillis métallique. Comme la travée levante mesurait presque soixante mètres, le contrepoids en béton était de belle taille. C'était difficile à croire, mais un simple courant électrique suffisait à lever ou abaisser la travée. Me regardant poser la Thermos et les tasses au bord du trottoir, Jean-Louis a tapoté la structure en acier. « C'est de la bonne camelote… C'est grand, c'est lourd, mais attention si ça frotte… À force, à force, il y a un risque que ça capote… » Le contrepoids aurait pu écraser comme une crêpe un petit troupeau de moutons. Bien sûr, ça n'arriverait jamais que des moutons passent au mauvais moment sous la masse de béton, mais ça donnait une idée du danger. Ça faisait froid dans le dos de s'imaginer soi-même écrabouillé dessous. Il n'y avait aucun risque mais je préférais me tenir à distance. Mouloud a enchaîné: «Ça ne se produira pas tant que moi et mon pote on sera sur le pont...» Il était en train de contrôler le système électrique. Jean-Louis a rigolé. «Après nous, ce sera le déluge...» Lui enduisait d'un lubrifiant épais les grosses dents du mécanisme de bascule. «Grâce à ma vaseline, il a lancé avec un clin d'œil salace, ça ne peut pas frotter. Elle est trop bonne, ma vaseline.»

De temps en temps, le pont vibrait au passage d'une voiture. L'inspection ne nécessitait pas qu'on interrompe la circulation. Jean-Louis et Mouloud ont travaillé encore un moment puis je leur ai servi le café. «Il est bon, ton jus... Merci...» Buvant à petites gorgées, ils regardaient le paysage. Un peu plus loin sur un quai du bassin minéralier, un gars pêchait dans l'eau sale. Il portait un gilet fluorescent, seule tache de couleur vive dans un décor rendu entièrement gris par les fumées stagnantes. «Tu es bien, là. Pas foule à te déranger... Pour un peu, on se croirait dans une chanson d'Allain Leprest...» Jean-Louis avait raison. J'ai rétorqué: «C'est pas plus terrifiant qu'ailleurs...» Ensuite, nous avons gardé le silence. Ils ont bu jusqu'à la dernière goutte de café puis rangé leur matériel. Ils étaient toujours contents de me voir, m'a assuré Mouloud, le café chaud ne gâchait rien, et Jean-Louis a ajouté: «Mais c'est pas tout ça, je mangerais bien des moules...» C'était une blague entre eux et Mouloud a levé les yeux au ciel. «Toujours fou de moules, le Jean-Lou...» L'intéressé n'a pas nié, au contraire. «Tu vois, ce qui serait bien, c'est d'être à la retraite et de vivre de sa pêche...» Mouloud a alors feint la consternation. «C'est ça... Et si ma tante en avait, elle s'appellerait mon oncle!» Sur quoi, ils ont grimpé dans leur camionnette et je suis retourné à ma vigie.

Les bateaux sont arrivés à l'heure prévue, d'abord *Le Riga*, puis *Le Libelle.* Ni l'un ni l'autre n'avaient besoin de remorqueurs. Les portes côté mer étaient ouvertes. Les éclusiers attendaient. La sirène sur le quai a mugi et une dernière voiture a franchi la travée. Un instant après, le pont se levait et *Le Riga* pénétrait dans l'écluse. C'était un tout petit cargo battant pavillon Antigua-et-Barbuda de quatre-vingt-neuf mètres et quatre mille tonnes. Pendant que les hommes du bord lançaient les amarres vers le quai, *Le Libelle* traversait la rade. Il semblait aller à bonne allure mais c'était une illusion. Le capitaine avait largement baissé de régime et c'est très lentement qu'il est rentré à son tour dans l'écluse. Il n'y avait rien d'étonnant à cela. Simple question de logique et de rentabilité. Mis bout à bout, ces bateaux ne faisaient pas la longueur du *Hanjin Odessa* qui avait été de passage quelques jours plus tôt. *Le Libelle*, chimiquier battant pavillon Gibraltar de cent quarante-six mètres et treize mille tonnes, me plaisait bien. Il était propre et bien entretenu d'aspect mais, surtout, il y avait ce dessin de libellule plutôt réussi sur le château, au milieu des fenêtres et au-dessus de l'inscription NO SMOKING en lettres immenses. Qui aurait eu l'idée de fumer debout sur une bombe flottante ? J'avais demandé à Louis de se renseigner à l'école. Les bateaux pouvaient servir aussi à ses cours de SVT. Il avait rapporté un guide des libellules et nous avions estimé qu'il s'agissait d'un *anax imperator.* C'était une libellule redoutable. Son nom sonnait un peu pirate, ce qui avait beaucoup amusé mon Louis.

Je retrouvais *Le Libelle* avec plaisir, et pourtant, il était passé le jour où Sylvie avait pris ses cliques et ses claques. Jérôme l'attendait en bas – il avait loué une camionnette pour l'occasion. J'étais assommé. J'avais refusé d'entendre et de voir. Je ne me remettais pas de la mort de ma sœur. Quelques semaines plus tôt, Christelle avait ramené Louis, nous nous étions organisés, le gamin avait maintenant son coin à lui, ça se passait plutôt bien. Il y avait eu ce moment très dur où j'avais dû lui dire qu'il ne reverrait plus sa mère, ça serait différent ici à l'écluse, mais je prendrais soin de lui. Comme son père s'était déjà barré pour ne plus jamais revenir, il devait penser dans sa caboche de gosse que c'était dans l'ordre des choses. On avait un père et une mère et on les perdait, d'une manière ou d'une autre. Pas de chance, pour lui, ça arrivait bien tôt.

Les cendres de ma sœur étaient encore chaudes et Sylvie partait. Elle prétendait m'avoir mis en garde, mais je ne m'en souvenais pas. « Comment je vais faire tout seul avec Louis ? » Je n'avais pas remarqué qu'elle rapportait des cartons vides tous les jours. Des objets changeaient de place et certains même disparaissaient. J'étais d'autant plus naïf que l'arrivée de Louis avait bousculé notre quotidien. Ce soir-là, je n'avais pas bu. Louis dormait et je ne parlerais pas trop fort pour ne pas l'effrayer. Sylvie a relevé la tête du carton qu'elle finissait de remplir. « Tu t'en sortiras très bien, Michel... » Son idée était qu'un enfant, c'est comme une plante dans un pot. Tu le mets au soleil et ça pousse, il ne lui faut pas grand-chose d'autre. Sylvie me parlait avec une certaine douceur, comme à une bête dont on attend le pire. J'étais tendu, un ressort soumis à une force immense, mais je restais calme. Je ne voulais pas lui donner matière à justifier plus encore sa décision. J'étais là comme si je tombais des nues. C'est idiot, quand les gens ne s'aiment plus. Ça ne peut pas être autrement mais il y en a toujours un qui fait semblant de ne pas y croire. « En mémoire de ma sœur, ai-je murmuré, tu ne peux pas me faire ça, pas maintenant... » Elle a soupiré longuement. « Si j'attendais un mois ou deux, et même plus, ça ne changerait rien. Nous serions seulement à nous mentir encore un peu plus longtemps... C'est mieux comme ça... J'aimais beaucoup Laurence, je sais ton chagrin, mais je dois partir... Nous n'y arriverons plus ensemble... »

Sylvie a rempli d'autres cartons et je n'aurais pas levé le petit doigt. Je me serais flingué, moins pour le soulagement que pour l'emmerder. Ce n'était pas bon de rester là tandis qu'elle faisait ses cartons. J'ai vérifié que Louis dormait et je suis descendu. Jérôme attendait, adossé à la camionnette dont le toit reflétait les lumières d'usines. Il n'avait pas eu le courage de monter ou bien Sylvie en avait décidé ainsi. La radio était allumée et William Sheller chantait *Un homme heureux*, une chanson qui n'était pas du tout de circonstance. Parfois, c'est à se forger la certitude que quelqu'un en coulisse complote contre vous, s'obstine à faire de votre vie une comédie absurde.

Jérôme venait passer presque tous les dimanches avec nous. Quand il faisait beau, nous descendions une table de camping et prenions l'apéritif au pied de la vigie. Jérôme ne parlait jamais trop de sa mère, qui pourtant se plaindrait d'avoir passé son dimanche toute seule, ni de Christelle, qui lui en faisait déjà voir. L'apéritif se prolongeait par une grillade bien arrosée et souvent une partie de boules où nous rivalisions de mauvaise foi. Je ne pensais pas que Jérôme était attiré par Sylvie. J'aurais eu le moindre soupçon, j'aurais mis le holà aussitôt, et sans ménagement. Nous ne nous arrêtions jamais de blablater. C'étaient des jugements sans valeur sur la marche du monde, des blagues répétées qui faisaient toujours rire, des évidences assénées pour le simple plaisir. Jérôme continuait à venir lorsque je me lançais dans certains travaux d'entretien. L'air salin accentuait la corrosion des parties métalliques du bâtiment et chaque année il fallait dérouiller, passer du minium puis repeindre. Nous utilisions une échelle ou un petit échafaudage mobile. Après sa semaine au vapocraqueur, Jérôme aurait pu prendre prétexte de sa fatigue pour me lâcher. J'aurais compris qu'il s'installe dans un transat et me regarde bosser. Mais il tenait absolument à en être, et ça le rendait joyeux. « J'ai des mains, il me disait, c'est pour m'en servir, elles risqueraient de pourrir dans mes poches. » Jérôme, tiens, c'était un peu comme un frère, et j'étais persuadé qu'il ferait une sorte d'oncle pour Louis, qu'il ferait même un oncle parfait.

Jérôme ne montrait pas qu'il craignait ma colère, mais il n'est pas allé jusqu'à me sourire et j'ai même noté un léger tremblement dans sa voix. « Qu'est-ce que tu fous là avec cette camionnette ? » ai-je grondé, comme s'il y avait vraiment quelque chose d'étrange à cela. « Sylvie m'a demandé de l'aider. Mais elle tient à descendre ses affaires toute seule, si c'est ça qui te pose un problème... » Un bateau était au déchargement et semblait enveloppé d'un halo jaune scintillant. Des oiseaux volaient dans la nuit, mouettes ou goélands. Les lumières artificielles les perturbaient sûrement. « Tu voudrais monter là-haut que tu ne le ferais pas... Je serais sur ton chemin... » Jérôme a soupiré, hochant la tête. À cet instant, je ne pouvais pas admettre que sa position était inconfortable, et lui était trop gêné pour essayer de me le faire comprendre. Il ne s'en rendait pas compte, mais notre amitié en était à se fissurer. Il avait laissé parler son cœur et cela revenait à faire le mauvais choix. « Pourquoi le prends-tu ainsi, Michel ? » Comme je ne répondais pas, il a poursuivi : « Sylvie ne pouvait pas te le demander, Christelle ne saurait pas conduire une poussette, alors il n'y avait plus que moi... Ne rends pas les choses plus difficiles qu'elles ne le sont déjà... Faisons en sorte que ça se passe simplement, tranquillement, et après on verra... » C'était une chance pour lui que je sois à jeun. Sans alcool dans le sang, je perdais de mon agressivité, il y avait une limite que je ne franchirais pas. D'ailleurs, je ne voulais plus céder à mes mauvais penchants, j'avais fait cette promesse sur la tombe de ma frangine. « Après, c'est déjà tout vu... Tu passeras ton chemin dorénavant... » Mes paroles ont semblé le désarçonner. Il valait mieux que je m'éloigne. J'ai commencé à marcher vers les usines. Je reviendrais lorsqu'ils seraient partis. « Tu ne crois pas que tu exagères ? Tu aurais préféré qu'elle se débrouille, et comment elle aurait fait ? Tu déconnes, Michel. C'est pas comme ça que nous devons nous comporter… » J'ai franchi la chaussée et en même temps la direction et le contour de mon ombre sur le bitume se sont transformés. Où nous vivions, la nuit n'était jamais complètement la nuit. Les goélands et les mouettes s'y étaient peut-être habitués. Il y avait trop, partout, de projecteurs de toutes sortes. Avant que Jérôme ne finisse de parler, je serais au bord du bassin minéralier, je ne pourrais pas aller plus loin, et je regarderais les usines, tout éclairées, ces usines à côté desquelles chaque chose, n'importe quoi, les joies et les peines, l'amour et l'amitié, étaient dérisoires.

13

Un sac vide ne tient pas debout

Jérôme

Quand Sylvie a fini de descendre ses affaires, elle dégoulinait de sueur, et Michel était toujours au bord du quai. « Il reviendra, ai-je dit. Louis est là-haut qui dort… » Il ne laisserait pas le gosse longtemps tout seul. Sylvie le savait très bien, mais j'essayais ainsi de rendre la situation moins difficile, ayant compris qu'elle culpabilisait à ce sujet. Au bas de l'escalier, elle m'avait passé les cartons, et j'avais fini de les mettre dans la camionnette. Un simple break aurait suffi. Elle n'emportait aucun meuble, juste un peu de vaisselle, des babioles et des fringues. « J'aurais aimé, dit-elle, lui dire au revoir normalement. » Seulement voilà, ai-je fait en moi-même, tu le quittes à ce moment particulier, et cela revient à cracher sur son malheur. Essayer d'embrasser Michel serait comme de caresser une bête blessée avec la flamme d'un chalumeau. Je pensais à ce qu'il m'avait dit. Je passerais mon chemin dorénavant. Ce n'était pourtant pas le trahir. Mon amitié à leur égard n'était pas égale, elle penchait logiquement en faveur de Michel, mais je ne pouvais tout de même pas agir comme si Sylvie comptait pour négligeable. Michel pourrait comprendre. Mais il ne ferait aucun effort. Et moi, je savais que je ne serais pas comme le chien qui revient au maître malgré les coups qu'il va prendre. Michel aurait dû me faire confiance.

J'ai éteint la radio et Sylvie s'est installée sur le siège à côté de moi. Elle a touché ma main, crispée sur le volant. « Je te mets dans l'embarras, pas vrai ? » Que répondre à cela ? J'ai démarré le moteur. Un instant plus tard, nous franchissions l'écluse. La digue était déserte, la mer lointaine. Tout au bout, dans les dunes, il y avait la maison où ma mère s'inquiétait sûrement de mon absence. Cette digue était comme un cordon. Je ne savais quelle force vitale ou morbide y circulait. Il y avait fort à parier qu'elle serait désormais une ligne infranchissable entre Michel et moi. Je ne roulais pas vite, à croire que j'espérais que Sylvie, soudain revenue à la raison, me dirait de m'arrêter, et de faire demi-tour. Quand nous sommes arrivés à la petite écluse, elle a rompu le silence : « C'est formidable, Jérôme... Sans toi, je ne sais pas comment j'aurais fait... Michel ne m'aurait pas laissée partir si tu n'avais pas été là... J'espère qu'il ne t'en voudra pas... » Sincèrement, semblait-il, elle n'imaginait pas que je puisse payer le prix fort. Après avoir vidé la camionnette, il me faudrait aller la remettre sur le parking de l'agence qui me l'avait louée, puis récupérer ma voiture, retourner auprès de ma mère et dormir quelques heures avant de reprendre mon poste au vapocraqueur. Ce ne serait pas le plus dur à vivre. « Et nous allons où comme ça ? » ai-je alors demandé. Sylvie a sorti de son sac à main un trousseau de clés qu'elle a serré dans sa paume. « Roule encore un peu, si tu veux bien, au milieu des usines... » Elle avait dit usines et j'ai entendu ruines.

L'existence d'un autre homme ne m'aurait pas surpris, et j'aurais mieux compris sa décision. Qui sait ? Il nous attendait peut-être sur le trottoir. Je me serais senti piégé, mais il aurait été alors moins pénible de monter les cartons. Je ne savais pas ce qui était souhaitable. Sylvie avait loué un garni dans une petite barre d'immeuble en bordure de la zone commerciale. C'était sinistre. Au-delà, il y avait des champs où se dressaient des centaines de pylônes électriques. De la terre noire et des câbles sous haute tension pour horizon. Je comprenais de moins en moins. Sylvie n'allait tout de même pas vivre là ? « Tu te demandes quoi, hein ? » Là-bas à l'écluse, l'ambiance n'était pas toujours gâchée par la pollution, les vents étaient parfois favorables, l'air du large pouvait y être pur et, nom de Dieu, Michel n'était quand même pas un monstre ! Si ça avait été la guerre entre eux, ils l'avaient bien caché. Je n'avais rien vu venir. Quand Sylvie avait annoncé qu'elle partait, je n'y avais pas cru. Pour qu'elle en arrive à choisir de vivre là, elle avait sans doute de bonnes raisons. Je préférais ne pas les connaître.

Était-ce le remords ? Soudain, j'ai décidé que je n'irais pas plus loin. Si un gars attendait à destination, tant mieux pour elle, sinon tant pis. « Tu devras monter les cartons toute seule », ai-je prévenu gentiment. Le remords sans doute, et la conscience que j'avais maintenant de sacrifier une belle amitié à cause d'une femme. Mais pas n'importe quelle femme. Sylvie ne manquait pas de courage. « Je comprends. Je t'en ai déjà demandé beaucoup… Les cartons ne sont pas si lourds. » Ce n'était pas comme si je la plantais avec des meubles encombrants sur le trottoir. « J'ai su les descendre, elle a ajouté, je saurai les monter ! » Quand je l'aurais abandonnée à son sort, je penserais retourner auprès de Michel, mais je ne le ferais pas. Rien ne jouerait en ma faveur.

Ce soir-là, le vent s'était mis à souffler. Le sable volait en nappes sur la route et parfois s'écrasait par bourrasques sur le pare-brise. Avec un temps pareil, il n'y avait pas de risque que Christelle m'attende dans les argousiers. Ma mère savait très bien de quoi il retournait. Christelle venait après le repas. Elle jetait un caillou contre une vitre et quelques minutes plus tard j'annonçais que j'avais besoin de me dégourdir les jambes. Ma mère grognait. C'était toujours quand nous avions un petit moment ensemble que je devais partir ! J'emportais une couverture. Elle grognait de plus belle. Christelle était cachée autour de la maison. Je ne la cherchais pas. Elle finissait par surgir en croyant me surprendre. Je m'étais alors déjà éloigné. Quand j'estimais que la distance était bonne, j'étendais la couverture sur le sable. Le premier moment était tendre, Christelle prenait vite son plaisir, puis elle me mordait, parfois jusqu'au sang, et c'était de plus en plus fréquent qu'elle m'insulte. Ce n'était pas moi, qui travaillais à l'usine, encombré que j'étais de ma mère impotente, qui la sortirais de sa condition. Christelle pensait qu'elle méritait mieux, et elle ne voulait pas finir comme Laurence, à errer une nuit au bord d'une route, jusqu'à se faire écraser par un gros cul. Elle méritait mieux, mais le petit coup en passant, en attendant, elle n'était pas contre. C'était une manière de prendre son mal en patience. Avec moi, ou un autre, elle n'avait pas de comptes à me rendre.

J'ai roulé à l'aveuglette sur toute la fin du parcours. Ça tournait à la tempête de sable. Il y avait de la lumière dans la cuisine. Ma mère me retiendrait, comme une ronce accroche un vêtement, en faisant un accroc, inévitablement. Parmi les volets qui claquaient à cause du vent, il y en avait un qui menaçait de tomber. Une attache s'était descellée. Je baissais les bras devant la décrépitude. Ma mère aurait voulu que je sois prompt à réparer toute chose qui s'usait, mais ce n'était déjà plus possible. « Si seulement ton père était encore là ! » C'était une maladie de toujours en revenir à lui. Il était mort, et ça faisait longtemps, et ça aurait été bien qu'elle cesse d'évoquer à tout bout de champ ceux qui n'étaient plus là. Il avait succombé à un accident qui ne se reproduirait pas. C'était avant la privatisation des docks, la mécanisation systématique, quand les bateaux se vidaient encore à dos d'hommes. Mon père avait été heurté par une palette chargée de sacs de grain. Sur le port, désormais, les hommes mouraient moins d'accidents du travail. Il n'y avait plus beaucoup de travail pour les hommes.

Maintenant, pensais-je amèrement, j'aurai tous mes dimanches pour bricoler. Maman arrêtera un peu de se plaindre… Elle avait préparé un ragoût et je devais reconnaître que c'était agréable d'en respirer le fumet dès la porte ouverte. Du sable est entré avec moi dans la maison. Il était tard mais ma mère a remis le feu sous la gamelle. « C'est pas Dieu possible de prendre comme ça sur son repos ! » J'ai mis ma veste au portemanteau. « Je ne pouvais pas faire autrement que de filer le coup de main, maman… » Elle se débrouillait très bien avec son déambulateur, au point que parfois je pensais qu'elle simulait, ou que c'était moins la défaillance physique qu'une crispation mentale qui la diminuait. Elle pouvait à peu près tout accomplir d'elle-même, du moment que son déambulateur soit à portée ou qu'elle puisse se rattraper à un meuble. Elle faisait la cuisine et toujours une grande partie du ménage. J'espérais qu'elle aurait la force et la volonté un long moment encore. Je redoutais le jour où elle ne quitterait plus son fauteuil roulant. « Tu te fais toujours mener par le bout du nez… » Son caractère s'en trouverait-il amélioré ? « Je suis sûre qu'elle a un autre homme, c'est pas possible autrement. De mon temps, quand on en avait un, on le gardait toute sa vie… On savait se tenir ! » Son caractère s'aggraverait, plus certainement.

Malgré les efforts que j'avais fournis et la bonne odeur de ragoût, je n'avais pas faim, mais je me suis quand même mis à table. Ma mère avait tout préparé et si je refusais de manger, elle ferait une colère. J'avais cessé de croire que je pouvais gagner avec elle. Elle parvenait toujours à ses fins et il y avait certains combats que je ne menais plus. « Mange ! Tu ne sais pas qui te mangera… » Demain, j'aurais des flatulences, mais dans les vapeurs d'éthylène, ça ne gênerait personne. « Mange tout ! Un sac vide ne tient pas debout ! » L'appétit est venu et elle a souri, me voyant engloutir les haricots. « C'est quand même une chance de t'avoir sous la main… Tu vois, à choisir, je préférerais que tu traînes avec elle plutôt qu'avec Christelle… » J'ai arrêté le geste de porter la fourchette à la bouche. « Maman ! » Elle a baissé les yeux. « Bon, je sais, tu n'as pas besoin de moi pour faire des bêtises… Tu es grand, après tout ! »

Je ne suis pas parvenu à dormir et ce n'était pas seulement à cause du vent qui menaçait de soulever la toiture. Je ne serais pas du tout en forme pour prendre mon poste. Ce n'était pas bien. À la distillation, mieux valait avoir les yeux en face des trous. Nous étions de petites équipes pour des responsabilités maximales. Je n'avais connu qu'un accident au cours de toutes ces années au vapocraqueur, un phénomène de décomposition, comme on disait dans notre jargon. Encore heureux, nous avions une installation fiable. En cas de souci sur une pompe ou un catalyseur, les lignes de production se mettaient en sécurité et s'arrêtaient en quelques secondes, automatiquement. Le phénomène provoquait néanmoins une grosse pollution visuelle. On produisait du polyéthylène comme on faisait une mayonnaise. En guise d'huile, on avait de l'éthylène. L'œuf et la moutarde, c'était le catalyseur. On touillait, on touillait. Mais comme pour la mayonnaise, ça tournait parfois, et il fallait recommencer, enfin, ce n'était pas aussi simple. Pression et température, très hautes toutes deux, obligeaient à purger d'abord le système, d'où l'épaisse fumée noire qui effrayait les humains à des kilomètres à la ronde, fâchait les élus de tout poil et rameutait la presse.

C'était un peu ce qui s'était passé avec Sylvie et Michel. J'avais aidé à limiter la casse et maintenant je me retrouvais à me dire que j'aurais mieux fait de tout laisser péter. Michel était sérieux, j'étais orgueilleux, et je commençais à ressentir un grand vide. Je voyais mal ma vie seulement occupée par l'usine, ma mère et Christelle, dont je me demandais quel tour de vache elle me ferait encore. Si ça continuait, il n'y avait pas que la maison qui partirait en morceaux. Elles finiraient par avoir ma peau. Je ne pouvais pas me débarrasser de ma mère. Ce ne serait pas digne, ni moral. Ça m'arrivait d'envoyer bouler Christelle, mais à chaque fois elle revenait comme un chancre virulent. Christelle, malgré tout, constituait une distraction à moindres frais. Une couverture dans les dunes et, à part les injures et les morsures, un peu de sable entre les fesses. Comme cela, je n'avais pas de dépenses, et je n'étais jamais loin de maman.

14

Entre deux bateaux

Louis

J'étais encore dans le souvenir de mon faucon. Comment il avait fait ! Il s'était laissé tomber dans le paquet. J'avais entendu l'air siffler dans ses ailes. Les pigeons n'avaient rien vu venir. Les plumes avaient volé comme si on avait déchiré un édredon. Un pigeon n'était pas allé plus loin, autrement qu'en gisant entre les serres du rapace. C'était allé si vite. Je voulais revoir ça. Je pensais plus à mon faucon qu'à Gilles qui me faisait des cachotteries. Il semblait y prendre plaisir ! C'était une autre forme de méchanceté. Il avait dit que ça ne me regardait pas, que c'était entre Mona et lui. Il voulait me rendre jaloux. Si ça se trouvait, il racontait des histoires. C'était mieux que je pense à mon faucon et à la joie qu'il me procurait. À cet instant, il me suffisait d'imaginer qu'il me rejouerait bientôt la même scène.

J'ai roulé à vélo dans la forêt. Un jour, peut-être, quelqu'un se demanderait ce que je fichais toujours là, sur le talus, à observer le vapocraqueur. Jérôme disait que ça le faisait bien rire, les précautions prises contre les attentats autour des écoles et des bâtiments publics. Par ici, la sécurité s'arrêtait à la clôture des usines. Jamais personne ne s'était inquiété de nous voir traîner sur le glacis. N'importe quel gars un peu malin, et avec du cran, pourrait provoquer d'énormes dégâts. Ce ne serait guère compliqué de faire sauter toute la région, par effet domino. Je me suis assis dans l'herbe et j'ai contemplé l'usine. C'était difficile de se souvenir de quel endroit le faucon avait jailli, c'était même impossible. Il y avait trop de recoins, de garde-fous et de passerelles où se percher. J'espérais que des pigeons arriveraient d'un côté ou de l'autre et, à force de les espérer, je me demandais s'ils ne s'étaient pas passé le mot : attention ! présence d'un grand prédateur dans les vapeurs d'éthylène. Ça devait être terrible d'être une proie, toujours sur le qui-vive, sous la menace. J'ai scruté longtemps le fouillis de métal, en vain.

Un peu plus tard, je suis remonté en selle. Après la petite écluse, j'ai pensé bifurquer vers chez Jérôme, mais je ne l'ai pas fait, et grand bien m'en a pris. Michel remontait la digue. Je l'ai vu, presque il était déjà sur moi. Il avait sorti la voiture… Le fait était inhabituel. Ce n'était pas le jour des courses. D'ailleurs, si ça avait été le cas, nous serions partis ensemble de l'écluse, puis nous aurions pris le bus, selon les bons principes, quitte à supporter le chiard qui nous cassait les oreilles et que nous aurions volontiers étranglé. Michel roulait au ralenti, vitre baissée. À ma hauteur, il s'est penché : « Nous avons un peu de temps entre deux bateaux… » Je n'étais pas à mon aise, il faut avouer. J'avais séché l'école. Je n'aurais pas dû être là. « Mets ton biclou dans la malle, c'est pas la peine que tu te le fasses voler… » Le siège arrière était baissé et ça n'a pas créé de difficultés. J'ai coincé mon sac à dos dans le cadre et refermé le coffre.

Michel ne donnait pas l'impression d'être en colère. Même, alors que je serrais toujours un peu les fesses, il m'a lancé un clin d'œil affectueux. « J'imagine, il a fait, que ton professeur est malade. J'espère que ce n'est pas trop grave... » Il ne semblait pas qu'il voulait m'asticoter et j'ai haussé les épaules parce que, hein, comment je pouvais savoir ? Michel s'est engagé sur la route que je venais de remonter. Nous avons traversé la forêt à faible allure et croisé le bus. Nous avons refait exactement le même parcours, à l'exception du crochet pour revoir mon faucon. Quelques kilomètres plus loin, nous sommes même passés près de mon école. J'ai rentré la tête dans les épaules et je ne crois pas qu'il ait remarqué ma gêne. Je me demandais où nous allions. C'était rare que Michel bouscule les habitudes, et jamais il ne m'avait surpris de cette manière. Maintenant que je ne craignais plus pour mes abattis, je ressentais une certaine nervosité de sa part.

Nous nous sommes retrouvés derrière une ambulance. Son gyrophare tournait lentement mais elle donnait un coup de sirène aux carrefours. Michel est resté dans son sillage comme si c'était la meilleure chose à faire. « Tu as raccompagné Sylvie l'autre soir... » Cela faisait maintenant quelques jours. Quand j'y repensais, je trouvais que je n'avais pas été très gentil, mais ce n'était rien à côté de la méchanceté de Michel. « Tu m'as dit qu'elle n'était pas venue seule... Il y avait un homme... Tu saurais le reconnaître ? » Non, ai-je fait de la tête. C'était la nuit et je n'avais pas du tout fait attention à lui. « Et sa voiture, tu la reconnaîtrais ? » J'ai secoué à nouveau la tête et il a admis que la plupart des voitures se ressemblaient dans l'obscurité. « Bon, suivons cette ambulance, ça serait curieux qu'elle n'aille pas où nous allons... »

C'était un grand bâtiment rectangulaire, blanc comme le carrelage d'une salle de bains. Il était entouré d'un parking ponctué d'arbres qui ne ressemblaient à rien. Nous pouvions entrer là-dedans comme dans un moulin. L'ambulance a pris la rampe des urgences et nous sommes allés chercher une place libre. Nous avons tourné un moment. Michel voulait être près de l'entrée des visiteurs. Il y avait des places tout au fond du parking mais, finalement, il a rogné sur une portion de pelouse, en bout de rangée, pour être aux premières loges. « Il te suffirait peut-être de le voir pour le reconnaître… Regarde les gens qui vont et viennent… » Pendant un long moment, c'est ce que j'ai fait, sans oser demander d'explications. Puis Michel a regardé sa montre. « Le prochain bateau ne sera pas à l'approche avant deux heures… Nous avons encore du temps… » Même si je n'étais pas complètement idiot et que j'avais deviné le but de tout ça, j'ai fini par demander : « Qu'est-ce qu'on fait là ? » Il m'a jeté un regard en biais. Il a reniflé. Il a tapoté le volant avec ses doigts. « Eh ! Tu as retrouvé ta langue ! »

Juste après, nous sommes sortis de la voiture pour nous diriger comme d'autres gens vers l'hôpital. « Je viens voir une patiente, a lancé Michel à la femme de l'accueil. Elle a un cancer… » Je me tenais tout près de lui. J'étais intimidé par les malades qui circulaient dans le grand hall. Personne ne semblait s'en émouvoir, mais moi, ça m'angoissait. Il y en avait un qui se déplaçait avec sa potence. Il était relié à elle par un tuyau. Il était chauve, cadavérique, mais ça ne l'a pas empêché de franchir les portes pour aller griller une cigarette dehors. À chaque bouffée, il a toussé à s'en arracher la gorge. Michel m'a tiré par la manche et nous avons emprunté un escalator, puis un ascenseur. Nous sommes montés à un étage, pour redescendre et à nouveau remonter. Nous avons pris un premier couloir, puis un deuxième, et repris les mêmes couloirs dans un autre sens, du moins c'était la sensation que j'avais. Nous étions bel et bien perdus ou, plus certainement, mon oncle prenait exprès des détours, il avait les chocottes.

Malgré tout, est arrivé ce moment où nous nous sommes enfin retrouvés devant une porte. Elle était de couleur vert anis. Elle portait le numéro 642. Michel était comme paralysé devant cette porte. Il a fait le geste de frapper, mais cela semblait au-dessus de ses forces, et sa main est retombée. De longues secondes, il est resté immobile, les bras le long du corps. Une femme de service, qui poussait un chariot dans le couloir, nous a considérés avec un air intrigué. Michel a grimacé. Il ne s'est pas soucié d'elle. Elle a fini par s'éloigner. Il voulait revoir une dernière fois Sylvie, mais il avait trop souffert et la propre souffrance de la femme qui avait longtemps partagé sa vie, bien plus grande que la sienne, n'y changerait rien. Il était incapable d'aller à son chevet, mais il serait au moins venu jusque-là, devant cette porte 642 de couleur vert anis. « Fichons le camp d'ici… » il a grommelé, et je me suis remis dans ses pas, jusqu'au bout du couloir, lequel débouchait sur une petite salle d'attente.

Ça ne pouvait pas en rester là. Pendant que nous remontions le couloir, la porte s'était ouverte. L'homme qui était sorti de la chambre nous suivait. Avions-nous manqué de discrétion ? Nous étions-nous trahis par un raclement de gorge, un reniflement ? Avait-il un sixième sens ? Dans tous les cas, il nous suivait. « S'il vous plaît ? » Parvenus presque ensemble dans la salle d'attente, il a proposé que nous nous asseyions quelques minutes. « J'ai reconnu Louis, a-t-il expliqué en me gratifiant d'un faible sourire. C'est vous Michel, n'est-ce pas ? Moi, c'est Patrick… » Il avait le visage très marqué et c'était à se demander s'il n'était pas lui-même condamné à court terme. Il ne cherchait pas à regarder Michel en face et c'était réciproque. Un malade en pyjama somnolait sur un siège et des gens passaient, préoccupés. Patrick parlait doucement, pour ne pas déranger, et je devais tendre l'oreille pour le comprendre. « On peut bien passer un petit moment ensemble. Nous aimons tous les deux Sylvie, même si pour vous c'est du passé… » Ses yeux étaient mouillés. Ce n'était pas un homme à cacher son émotion. Une larme, soudain, a coulé sur sa joue. « Vous aviez envie de la voir mais vous n'avez pas eu la force... Ça l'aurait aidée si vous aviez été accueillant l'autre soir, mais je ne juge pas, je ne sais pas ce qui s'est passé autrefois, je ne peux pas me mettre à votre place... » Michel regardait ailleurs. Il ne pouvait pas voir la larme sur sa joue. « On connaît l'issue, on n'y peut rien, et ça fait peur... » Il a encore parlé et j'imaginais que c'était une consolation. Michel ne réagissait à aucune de ses paroles. « Voulez-vous que je lui dise que vous êtes venus ? Non, je ne crois pas... » Après un long silence étouffant, il a ajouté pour finir : « Ça vous coupe la chique, hein, que je ne vous fasse aucun reproche ? »

Nous avons repris la route. Michel n'avait pas répondu au compagnon de Sylvie. Après un moment, il s'était levé et je lui avais emboîté le pas. Mon oncle, faut reconnaître, était une tête de pioche. Nous sommes sortis de l'enceinte de l'hôpital et il s'est remis à parler comme si de rien n'était. « C'est un beau bateau que nous attendons, un nouveau-né, il n'a pas trois ans, c'est comme s'il sortait tout droit des chantiers. Ça doit valoir le coup d'œil. Il ne pourra pas franchir l'écluse sans remorqueurs. Le *Hanjin Buchanan*. Deux cent cinquante-cinq mètres. Cent quinze mille tonnes. Pavillon Panama. Tu sais où se trouve le Panama, fiston ? » Oui, c'était un pays là-bas en Amérique centrale, où on avait creusé un grand canal. Michel a passé une main dans mes cheveux. Il avait envie de s'amuser. « Je suis content. Tu travailles bien à l'école... Et tu as parfaitement raison, les hommes creusent des canaux et des tunnels, c'est dans leur nature, pour notre confort. »

Michel s'est arrêté sur la digue, à peu près là où il m'avait embarqué. Je me demandais quelle aurait été sa réaction s'il m'avait surpris avec Mona. « Rentre tout seul... J'ai besoin de réfléchir... Je serai de retour pour le passage d'écluse. Sinon tu gardes l'œil... De toute façon, il ne peut pas arriver grand-chose… » Je suis sorti de la voiture pour prendre mon vélo dans le coffre. « N'oublie pas ton sac d'école, tu pourrais en avoir besoin… » Je me suis éloigné en danseuse, à cause du vent, un petit vent chargé de sable fin qui coupait les pattes. Au bout de quelques centaines de mètres, j'ai jeté un coup d'œil en arrière. La voiture de Michel était toujours là, et lui à l'intérieur. Quelques centaines de mètres de plus et elle avait disparu. J'ai continué à remonter la digue. J'étais sûr de tomber sur Wilfried, mais la place où il se mettait était vide. Il ne changeait jamais d'endroit. Il y avait les traces d'huile que le moteur de sa voiture laissait et celles, luisantes, des poissons qu'il écorchait. Je ne pouvais pas me tromper. On a tellement l'habitude de voir quelqu'un à un endroit qu'on en viendrait à croire qu'il y sera tout le temps. J'ai changé de braquet. La mer s'arrondissait sous le vent toujours plus fort. Sur la ligne d'horizon, il y avait des bateaux, peut-être déjà parmi eux le *Hanjin Buchanan* qui approchait. Ça serait bien la première fois que Michel raterait un passage.

15

Les retrouvailles

Michel

Louis s'éloignait sur la digue. Je ne l'avais pas taquiné. J'essayais d'éviter les situations de mensonges. Je savais très bien qu'il avait manqué la classe. Je savais beaucoup d'autres choses. Louis n'était pas entièrement responsable. Ça n'avait jamais été simple pour moi, surtout les premières années. Je ne pouvais pas le laisser partir seul. Un port est un espace extrêmement dangereux pour un enfant, et puis il y avait ce qui était arrivé à sa mère. En petite section, la question ne s'était même pas posée. En fin de primaire, j'avais essayé de croire qu'il était suffisamment mûr et prudent pour faire le chemin sans encombre, mais je n'avais pas pour autant lâché la bride. Donc, il n'y avait pas eu d'autre choix que de rater souvent la classe. Les bateaux ne se calaient pas sur l'école. Les absences avaient été tolérées en maternelle, mais ça n'avait pas toujours été très agréable ensuite, convoqué que j'avais été plus souvent qu'à mon tour par une directrice pointilleuse, qui semblait à chaque fois s'étonner de ma situation de parent isolé. Le passage au collège avait été un réel soulagement. Je me souvenais avec précision du matin où Louis s'était élancé tout seul sur la route qui conduisait en ville. J'avais été inquiet toute la journée. L'inquiétude s'était atténuée avec le temps. Certains jours, néanmoins, il m'était arrivé de le suivre en douce. Louis était un élève moyen mais constant. Tout se passait à merveille, sauf que je n'avais pas appris à le punir pour ses absences.

À un moment, Louis a baissé la tête pour voir si j'étais encore là, puis il s'est remis dans l'axe et a forcé sur les pédales. Il avait dépassé l'amas de gravats qui s'élevait sur la plage. On avait concentré là tous les morceaux de blockhaus et de murs en brique qui se trouvaient autrefois sur cette partie du rivage. La dynamite et les bulldozers avaient fait table rase pour construire la digue. Le sable, qui s'était accumulé à certains endroits, et les algues, qui avaient envahi les parties immergées à marée haute, ne pouvaient effacer totalement ces traces d'une époque terrifiante. On racontait qu'il y avait eu dans l'après-guerre des pêches abondantes, de crabes surtout, à cause de tous les soldats qui gisaient au fond de l'eau. Sur les morceaux de blockhaus les plus gros, les graffeurs s'en étaient donné à cœur joie. Au détour de l'amoncellement, on pouvait découvrir un visage grimaçant, ou cette inscription : « Full Metal Racket ».

C'était une autre guerre qu'on livrait aujourd'hui aux hommes, moins saignante mais tout aussi destructrice, et je me demandais jusqu'où irait Louis. Pourquoi lui chercherais-je des poux dans la tête ? J'avais été élevé dans la menace du chômage. On avait assené à ma génération qu'il fallait s'en prémunir par une scolarité correcte, et pourquoi pas, par des études pointues. Pour quels résultats ? Je ne connaissais pas un seul de mes camarades d'école qui, quand le vent avait tourné au vilain, n'avait pas connu le chômage, et qui un jour ne s'était pas mis à pleurer, ou peu s'en était fallu, parce qu'on le traitait comme un animal. Et je dirais à Louis qu'il se devait de respecter un enseignement qui ne garantissait en rien un avenir serein, en tout cas à des gens comme nous ? Jusqu'où irait-il ? Sans nul doute plus loin sur cette digue cahoteuse, qu'il connaissait comme sa poche, que sur le marché du travail.

J'ai regardé Louis s'éloigner et fait demi-tour. Je ne suis pas repassé par la petite écluse. J'ai remonté le canal. Quelques centaines de mètres, et s'amorçait le chemin sablonneux qui conduisait à la maison de la folle. Après l'hôpital, je prenais à nouveau une décision déroutante, à commencer pour moi-même. Je n'irais peut-être pas non plus jusqu'au bout de la démarche, mais j'étais là, maintenant.

Je me suis arrêté à une certaine distance de la maison. J'ai coupé le contact. La bâtisse semblait sur le point d'être avalée par les dunes. Du sable l'entourait jusqu'à atteindre les châssis de fenêtres du rez-de-chaussée. Jérôme avait dégagé un passage comme on le fait quand il y a trop de neige, mais le sable ne fond pas et cela devait être un souci de tous les jours. Les volets de l'étage avaient disparu et ce qui restait du toit ne laissait pas imaginer que quelqu'un vivait encore là. À droite de la maison, il y avait un énorme tas de bois mort, à gauche, une vieille automobile sur cales, dépourvue de portières et de pneus. Il n'y avait aucun signe de vie mais je savais que Jérôme n'avait pas déserté le coin. Autrefois, il y avait à cet endroit une station balnéaire, et même un casino. C'était difficile à croire. Ce temps ne reviendrait pas. La côte était désormais trop gâtée.

Curieux, me disais-je, que Jérôme et moi ne nous soyons jamais croisés pendant toutes ces années. Il n'avait plus de voiture et prenait sûrement le bus, comme nous, pour aller faire ses courses. Possible que j'avais espéré un jour tomber par hasard sur lui, mais au cas où cela se serait produit, je n'aurais sans doute pas bien réagi. Qu'est-ce que j'aurais pu lui dire ? Qu'est-ce que d'ailleurs je lui dirais aujourd'hui ? Que je venais lui annoncer que Sylvie se mourait ? Cela le concernait-il ? Que j'ignorais si c'était un fardeau dont nous serions bientôt soulagés ? Voilà dix ans que nous ne nous parlions plus à cause d'elle. C'était aussi, tout de même, un peu de sa faute.

J'ai marché vers chez Jérôme et frappé à la porte. Personne n'a répondu et j'ai commencé à faire le tour de la maison, par le côté à l'abri du vent. La dune gagnait partout mais, légèrement en surplomb, il y avait une surface plane, comme une terrasse formée de palettes en bois. Jérôme était assis sur un seau retourné et scrutait le bas du mur pignon. Une bâche en plastique, qui avait servi à préparer de l'enduit, était étalée sur les palettes. Une truelle était plantée dans un sac de ciment éventré. Jérôme était vêtu d'un pantalon de toile grossière et d'un maillot à longues manches. Il portait aussi une perruque de carnaval rouge et argent. Il a tourné la tête, sans exprimer d'émotion particulière, simplement comme si c'était une chose qui devait arriver, tôt ou tard.

J'ai trouvé à m'asseoir et je me suis mis à observer le mur avec lui. Jérôme a commencé : « Je crépis ce mur depuis des jours, et au bout d'un moment c'est pareil, on dirait toujours que j'ai fait le travail à moitié… » Son enduit était pourtant de bonne qualité. Il se pensait compétent en la matière. Hochant la tête, j'ai accueilli ses arguments. Je voulais bien le croire, mais n'avait-il pas tâche plus urgente ? Ça ne lui avait pas échappé que le toit menaçait de s'effondrer. « Fort probable, a-t-il admis, mais ça coûterait beaucoup d'argent de le réparer… » Un toit pourri, c'était quand même un toit, et il ne tomberait pas d'un seul coup, je n'avais pas à m'inquiéter. C'était lui qui voyait… Mais ce n'était pas tant pour sa sécurité que pour celle de Louis, puisque Louis, parfois, venait le voir… Jérôme ne s'est pas défendu. Je l'ai assuré que ça ne me dérangeait pas. J'appréciais qu'une personne de connaissance ait de temps en temps un œil sur lui. Quelques secondes, Jérôme m'a soupesé du regard à travers les mèches de sa perruque, puis il s'est remis à inspecter son crépi. « J'imagine que si tu voulais mettre du sel sur les plaies, tu serais venu plus tôt… »

«Comment ça s'est passé avec ta mère ?» C'était plus tard à table, après avoir bu quelques verres de vin. À l'intérieur, l'ordre régnait, et c'était d'une grande propreté. Bien sûr, il y avait du sable qui crissait sous le pied mais le problème était insoluble. Du bois séchait près du poêle éteint. Jérôme ne dormait plus à l'étage et son lit se trouvait derrière un paravent. Toute la vaisselle dont il avait besoin était sur l'évier, qu'il utilisait pour préparer les repas mais aussi pour faire sa toilette. Les seuls éléments discordants étaient un fauteuil roulant, qui croulait sous les journaux, et un déambulateur, placé devant une fenêtre, comme s'il servait encore. C'étaient des objets dont il aurait dû se séparer. Tournant le dos à la fenêtre, j'avais la morbide impression que sa mère était toujours appuyée sur ce déambulateur. « Un jour, je suis rentré et elle était morte dans son lit. Ça a été une délivrance pour elle, et un soulagement pour moi… J'aurais pu alors partir mais je suis resté… Je reprochais à ma mère d'être tombée dans le piège qu'elle avait elle-même fabriqué… Elle m'y a fait tomber du même coup, ou bien cette digue nous retient mieux que si c'était une chaîne… Une chaîne, oui… et l'ancre est dans notre tête… » Louis m'avait dit que l'homme qu'il voyait parfois là-bas dans les dunes et qui était toujours très gentil avec lui, portait une perruque en permanence. Nous étions rentrés dans la maison et Jérôme l'avait, en effet, encore sur sa tête. Aussi curieux que ça puisse paraître, Louis n'avait pas fait le lien, mais il faut dire qu'il n'avait presque pas vu Jérôme avant le départ de Sylvie, qu'il n'avait alors que six ans, et que beaucoup de temps avait passé avant qu'ils ne se retrouvent par hasard, si c'était le hasard. Jérôme n'avait pas parlé de notre amitié d'antan et je ne lui en ferais pas grief. «Et Christelle ?» Il m'a lancé un regard oblique. Lui avait-elle dit qu'elle aimait les gros bateaux ? «Christelle… C'est une autre histoire… et si tu veux bien, j'en parlerai plus tard, ou jamais… »

Nous sommes restés à boire en silence. J'étais venu pour parler de Sylvie. Il n'était pas exclu que j'en profite pour dénouer d'autres nœuds. « Sylvie est en train de mourir… » Si j'avais de la peine, cela ne se ressentait pas. Jérôme non plus n'a pas semblé en être troublé. « Il faudra acheter des fleurs… » C'était peut-être prématuré. « Elle n'est pas morte, pas encore… » Jérôme a cependant insisté : « Peut-être bien, mais il faudra acheter des fleurs quand même… » Après un échange de cette sorte, c'était compliqué d'exprimer de la compassion. Jérôme a rempli nos verres et j'ai pensé que je devrais boire avec modération. Ça pourrait remonter mauvais, sous une forme désagréable, tous mes regrets et mon incapacité à les exprimer. À cet instant, ma curiosité s'est révélée plus forte que le reste. « Tu l'as revue, après ? » C'était difficile de lire l'émotion sur le visage de Jérôme, à cause de la perruque et parce qu'il n'avait pas envie de me la montrer. « J'ai conduit Sylvie où elle voulait que je la conduise. J'ai mis ses affaires sur le trottoir et je suis reparti… » Il n'avait aucune raison de me mentir mais j'ai demandé : « Tu n'es pas monté ? Tu sais si quelqu'un l'attendait ? » Il a soupiré, sans paraître agacé, et j'aurais compris qu'il le soit. « C'est une question que je me suis posée, mais non, il n'y avait personne, et puis les années ont passé, beaucoup trop d'années… » Et qu'est-ce qu'on pouvait bien devenir, maintenant, entre la méchanceté des uns et la gêne des autres ? « Et dire que nous nous sommes gâché la vie tout ce temps pour ça… » Jérôme a secoué la tête, il était au regret de me contredire : « Pas nous, toi… Tu nous as gâché la vie, Michel… »

16

De pire en triste

Jérôme

Michel n'était donc pas sans savoir que Louis me voyait. Louis, messager innocent, faisait que depuis plusieurs années nous gardions un œil sur l'autre. J'avais appris ainsi que Sylvie leur avait rendu visite. Louis me disait lorsque Michel était d'une humeur maussade, me racontait ses dimanches ennuyeux, confirmait que pour lui comme pour moi les choses n'évoluaient guère. Nous avions connu le pire et maintenant notre vie était triste. C'était allé de pire en triste. J'avais caché ma surprise quand Michel était apparu. J'étais, il est vrai, préoccupé par mon crépi. Son aveu, ensuite, m'avait procuré un certain plaisir, que je n'avais pas montré non plus.

Michel avait parlé de Sylvie, je n'avais pas envie d'en entendre plus, et je ne sais trop comment, soudain, il a remis Christelle sur le tapis. « Tu y tiens vraiment ? » ai-je demandé. Il y tenait. Quitte à sortir les ordures, autant les mettre toutes sur la même charrette, et après, on verrait. Michel n'avait rien perdu de son caractère âpre. Il se conduirait toujours d'une manière aussi abrupte, quand bien même serait-il aussitôt la première victime de son humeur. Ce fameux soir, il ne me ferait pas admettre le contraire, c'était lui et lui seul qui, par son intransigeance, avait créé la brouille.

Me souvenais-je que Louis, à la mort de Laurence, avait passé quelques jours chez Christelle ? Cette situation ne pouvait pas durer. Ce n'était pas conseillé pour la santé mentale du gamin. Il s'agissait moins d'une question de confiance que de bon sens. Christelle aurait été incapable de s'occuper convenablement d'un poulet. Alors Michel avait décidé de ramener Louis à la vigie, et il pensait que ça en resterait là, d'autant plus qu'elle fricotait avec moi. Bon débarras ! Seulement Christelle, elle aimait voir les gros bateaux dans l'écluse, et un jour elle avait pris le prétexte de prendre des nouvelles de Louis. Je ne comprenais pas où Michel voulait en venir. Il tergiversait. Certains paquets d'ordures sont plus lourds que d'autres à porter et à jeter. La discrétion, expliquait-il, dépendait de la hauteur du navire, et ça variait selon qu'il entrait ou sortait. Rien à craindre si le bateau était lourdement chargé, même un vraquier – on ne lui voyait pas la ligne de flottaison et Michel, de sa vigie, dominait les hommes de bord, où qu'ils soient sur les ponts. En revanche, quand le bateau en était à reprendre la pleine mer, c'était une autre configuration. Vidé de sa cargaison, il était alors plus grand, beaucoup plus grand s'il s'agissait d'un minéralier, et là c'étaient les hommes de bord qui surplombaient Michel. Suffisait alors qu'ils se penchent au bastingage pour voir le bout de ses chaussures, il exagérait à peine. Enfin, bref, le bateau entrait dans le bassin ce jour-là. Il n'y avait pas de risque qu'un marin les voie. Christelle s'était accroupie entre lui et la console de commandement. Ce n'était pas glorieux de se faire avaler ainsi par la greluche de son meilleur copain. L'était moins encore l'intention, l'envie d'agir ainsi par vengeance.

Christelle, elle, m'avait confié d'autres détails. Elle en avait inventé certainement car Michel venait d'achever son récit en disant qu'il n'y avait pas eu de suite, ça ne s'était pas reproduit, jamais. Christelle s'était régalée en me racontant comment elle avait été très excitée, avant même de consommer, rien qu'à penser aux marins sur le pont du gros bateau. Les gars étaient entre eux pendant des mois. Tu penses ! Un simple signe de main d'une femme en jupe sur le quai les mettait en joie ! Est-ce que je pouvais imaginer ? Je ne me rendais pas compte de ma chance, d'avoir une fille toute chaude à disposition !

C'était un soir venteux. J'avais tardé à sortir avec ma couverture. Je n'avais pas eu d'autre choix. La santé de ma mère s'était dégradée. Juste après le repas, j'avais dû m'occuper d'elle. Ce genre de moment était humiliant pour tous les deux. J'avais encore dans le nez l'odeur de la couche souillée. Je m'étais lavé longuement les mains. Ma mère pleurait en silence. J'étais sorti avec ma couverture et j'aurais aimé que dehors les choses soient simples et agréables. Je n'étais pas allé bien loin. Christelle s'était jetée sur moi en sautant d'une dune. Elle en avait sa claque d'attendre. Elle avait vite assouvi son désir, et ensuite elle m'avait griffé et mordu au sang. Elle n'avait pas pu s'empêcher, alors, de me dire qu'elle s'était tapé Michel, eh oui ! mon copain Michel ! Ça me ferait peut-être réagir ? Me comporterais-je comme un homme ? Qu'elle se taise ! Nous avions roulé dans le sable et j'avais serré mes mains autour de son cou. « Tais-toi ! Tu vas te taire ! »

Je pensais que Christelle ne reviendrait plus, et je l'ai vraiment cru quelques jours. Elle était devenue le cadet de mes soucis. Entre l'usine et ma mère, je n'avais plus une minute à moi. Je ressentais une fatigue comme je n'en avais jamais connu. Ce que je redoutais le plus était arrivé, d'un seul coup. Ma mère avait lâché la rampe. Tout m'incombait désormais, et souvent je m'y prenais mal. Les rares instants de répit, je restais assis près du lit, pompé jusqu'à la moelle, l'esprit tournant en boucle. À d'autres moments, quand je devais m'atteler aux tâches les plus rebutantes, je devenais nerveux, perdais très vite patience, montrais de la colère. J'étais surtout en colère contre moi-même. Je ne me résignais pas à demander de l'aide. Nous y avions peut-être droit. Mais j'aurais dû accomplir certaines démarches et à cette idée, curieusement, je ressentais de la honte. Qu'est-ce que les gens auraient pensé ? Cette promiscuité était anormale. Si ça avait été mon père, une telle intimité aurait pu s'admettre, se comprendre. Alors je me persuadais que les obstacles auraient été insurmontables, que personne jamais n'aurait accepté de venir aussi loin dans les dunes pour torcher une vieille femme, une bique acariâtre.

Christelle est réapparue le jour des obsèques. Nous n'étions pas très nombreux au cimetière. Ma mère avait enterré presque tout le monde à part moi. Une lointaine cousine s'était traînée jusque-là, et une vieille amie, forcément, dont je m'étais demandé d'où elle sortait. J'avais payé pour un service modeste mais il y avait quand même un maître de cérémonie pour dire quelques mots censés consoler tout le monde. Nous ne croyions pas en Dieu, j'avais donné pour consigne d'être sobre, mais le gars ne m'avait pas compris car il s'est mis malgré tout à évoquer la vie sur terre, le dur labeur ici-bas, et puis l'après où l'on pouvait souhaiter que l'âme de la défunte trouverait enfin la paix. J'avais bien précisé : pas d'absurdités religieuses. Si j'avais voulu ça, j'aurais enrôlé un cureton.

C'est le discours qui a déclenché la coulée de pus. Il avait commencé à bruiner. Jusque-là, Christelle avait l'air normal. Mais en réalité, elle était soûle comme une barrique. Soudain, elle s'est mise à ricaner, et elle a hurlé : « Ma carne, c'est pas la paix que tu auras, j'espère que tu vas griller en enfer, parce que tu me l'as bien pourrie, l'existence, avec ton rejeton lamentable, que tu as castré comme un chat, comme ça il part pas, il reste près de sa maman ! » Et en même temps que Christelle vociférait, elle donnait des coups de pied dans le gravier qui crépitait contre le cercueil. Le maître de cérémonie, la lointaine cousine et la vieille amie me regardaient, effrayés, ce qui aurait dû m'inciter à réagir, mais je ne bougeais pas.

Les fossoyeurs se sont hâtés de fermer la sépulture. Christelle n'en avait pas fini avec ma mère. Maintenant, il pleuvait des trombes. Les gens s'étaient détournés, puis éloignés. Christelle était comme possédée. La tombe n'avait pas encore son marbre. Les gerbes de fleurs ne l'ont pas arrêtée. Elle a grimpé dessus, a soulevé sa jupe et son urine a aussitôt crépité sur le béton. Ce faisant, elle me jetait des éclairs, des regards hallucinés, et je pensais qu'elle méritait d'être punie.

Je n'en voulais pas à Michel. Du temps avait passé et puis Christelle n'était qu'une traînée. Un autre long moment, nous avons bu en silence, moi plus que lui – il semblait être devenu raisonnable. Confidence pour confidence, ai-je estimé. « Viens, puisque nous en sommes à parler de ça… » J'ai attrapé mon fusil et nous sommes sortis. Michel m'a suivi dans les dunes. Nous avons pris la direction du chantier. À proximité de la maison, la végétation était clairsemée. Moins abondants et touffus étaient les argousiers. Les pétales d'onagre flottaient dans la brise. Les panicauts avaient des reflets bleutés. Les oyats, se balançant, traçaient des lignes dans le sable. La dune était *blanche* puis, nettement, elle changeait d'aspect. Elle devenait *noire* et si j'avais cessé d'emprunter les sillons qui la traversaient, les argousiers et les peupliers auraient fini par tout recouvrir. Rares étaient ceux qui s'y aventuraient, à cause des épines qui rendaient la marche pénible.

Nous sommes passés près du blockhaus des gamins. Autrefois, des blockhaus, il y en avait tout le long de ce rivage. Par dizaines, ils dominaient la mer, et puis, en seulement quelques années, le vent avait entamé la dune et, malgré leur masse imposante, ils s'étaient mis à pencher, puis à glisser, inexorablement, jusqu'à parfois se renverser comme des scarabées. Beaucoup avaient disparu au moment du creusement du canal, soit qu'ils avaient été pulvérisés aux explosifs, soit qu'ils avaient été enfouis. Deux blockhaus avaient échappé à la destruction, celui où se retrouvaient Louis et Gilles, et l'autre, une centaine de mètres plus loin, qui disparaissait peu à peu sous le sable.

Nous avons grimpé une grande dune et j'ai dit à Michel de jeter un œil en contrebas. Il fallait savoir qu'il y avait un blockhaus à cet endroit. Seul désormais le toit était visible, un large rectangle gris comme le pelage d'un rat, marqué par le contour rouillé d'un orifice d'aération. Il y avait deux ans de cela, on voyait encore le haut des murs, mais on ne pouvait plus dire, déjà, où se trouvait l'entrée. Je l'avais obstruée avec des parpaings. Ça m'avait demandé beaucoup d'effort. Sans doute Michel avait déjà compris, mais j'ai dit quand même : « Si jamais tu avais envie de revoir Christelle, tu n'aurais qu'à creuser… » J'avais bouché l'orifice d'aération quand j'en avais eu marre de l'entendre pleurnicher.

Michel s'est assis dans le sable. Il a arraché un brin d'oyat et l'a porté à la bouche pour le grignoter. De là-haut, nous voyions les bateaux sur la mer. « Tu vois, le très gros là-bas, c'est le *Hanjin Buchanan*, il sera bientôt à l'écluse… » Nous avons regardé le gros bateau un petit moment, avant que Michel ne dise qu'il serait peut-être temps qu'il s'en aille. Je me suis demandé si Louis lui avait parlé de son faucon. Oui, certainement. Michel a recraché l'herbe qu'il avait mastiquée, puis il s'est remis debout. « Ça fait longtemps que tu n'es pas venu à la maison… » Un bail, en effet. Dix ans ? « Ils ont retiré la grande antenne… Tu viendrais un dimanche ? Si je laisse faire, la rouille va se remettre partout. Il serait nécessaire de passer un bon coup de minium sur les cornières… » Ça ne serait pas du luxe, sûrement. « Dimanche ou un autre jour. Tu sais, Michel, je suis à la retraite maintenant… »

TABLEAU IV

17

Vivre là !

Mona

Dimanche est venu, avec un grand soleil réconfortant et, très vite, la formation d'une brume de chaleur qui rendait toute chose floue, comme molle. Soudain, la digue a changé d'aspect et d'ambiance. Des dizaines de voitures sont arrivées par la petite écluse, ou par la grande, et ont déversé sur le bitume des familles entières, des gens heureux. Ils ont été des centaines, puis des milliers. C'était marée basse et aussitôt la plupart, tournant le dos aux usines, se sont précipités sur le sable. Tout là-bas, près des vagues, il y avait plusieurs pêcheurs en surfcasting, mais pas Wilfried, et c'était étrange, disait Louis, ça faisait plusieurs jours qu'il ne s'était pas montré. Gilles nous avait rejoints et nous avions tous les trois grimpé dans une dune. Nous n'en perdions pas une miette. Nous aimions nous moquer, ainsi de cette grande perche dont le gros ventre était blanc comme un cachet d'aspirine. Mais attention ! un tatouage lui remplissait tout le dos. Une œuvre ! C'était ce couillon de Gros Minet, toutes dents dehors, qui poursuivait Titi avec une hache dégoulinante de sang. Le gars traînait avec un air pas net autour des bâches où pataugeaient des mioches obèses. Les mères se posaient aussi là, question de gras. C'était un bel étalage de shorts et de maillots mal assortis, parfois à la mode, genre string ficelle, mais dont on ne voyait pas la couleur parce que le tissu se retrouvait enfoui – les fessiers étaient trop larges, trop flasques. Personne ne se sentait de la gêne. On naît comme on naît, pas vrai ? Cela n'empêchait pas de faire de l'exercice. On jouait lourdement au badminton, et à cause du vent on s'épuisait au bout de quelques échanges à peine, le volant n'arrivait jamais où il était attendu ! C'était pareil pour les ballons ronds, et il fallait alors courir après sur la plage, à cracher ses poumons, la crotte !

De plus en plus de gens installaient leur coupe-vent, plantaient leur parasol. « Quand tu vois ça, a lancé Louis, toute cette populace ! Tu as du mal à imaginer que la Terre a été un jour sans humains… » Oui, et s'il y en avait jusqu'ici, dans un endroit pareil, il fallait croire qu'il y en aurait bientôt partout, comme ça déborde ! « Et nous sommes là, maintenant ! Et nous n'y sommes pas pour grand-chose… » Gilles n'était pas vraiment avec nous. Il me regardait sans trop me regarder. Il me parlait sans trop me parler. Un moment, Louis et lui se sont chamaillés, ils en seraient venus aux mains, pour un faucon, pour un phoque.

Sur la plage, ça bougeait ici et là. Marre de faire bronzette. Marre de courir après les ballons. Les hommes remontaient à la voiture et sortaient la glacière du coffre. Les plus organisés préparaient un barbecue. La fumée de charbon de bois et l'odeur de saucisse ne gêneraient personne. Le rosé et le pastis coulaient déjà dans les gosiers en pente. Toujours en haut de notre dune, nous les enviions surtout pour la saucisse. Nous nous contenterions de ce que nous avions apporté, des chips, du pain, un pot de rillettes et de la bière tiède. Mais j'avais quelques pièces dans la poche, et quand Diego viendrait, nous serions les premiers à faire la queue devant la fenêtre à glissière. Diego était là tous les dimanches, qu'il fasse beau ou pas. Bien sûr, son chiffre d'affaires était meilleur quand il faisait beau, mais il ne désespérait jamais. Sa camionnette mettait de la couleur dans le paysage, rehaussait de rouge et de jaune le décor gris, parce que la digue était grise, et bleue, parce que ça arrivait que le ciel le soit, et même la mer. Les cornets dessinés en travers de la carrosserie donnaient bien envie. Ce n'était pas tous les jours ! Chacun aurait droit à sa glace à l'italienne ! Pour moi, vanille fraise !

J'aurais bien aimé savoir ce que Gilles avait dans la tête. J'enfonçais la langue dans mon cornet, aspirais ce qui restait de crème, et je regrettais de lui en avoir trop dit. Je m'étais ressaisie. La situation n'était pas si grave. J'avais de la volonté à revendre. Je retrouverais un autre boulot, et un jour j'irais voir Bertrand, et même je lui dirais merci pour tout, parce que grâce à lui je serais passée à autre chose, qui m'aurait mieux profité, je n'allais tout de même pas vendre du parfum toute ma vie ! Finalement, c'était une chance ! « Et si on se baignait ? » Louis plaisantait. Faute de maillot de bain, nous aurions pu nous baquer en slip, mais dans ce bouillon, ah non ! La mer remontait maintenant, et à mesure les plagistes reculaient sur le sable. Gilles est sorti de sa léthargie pour dire : « Les phoques ne font pas autrement, mais ils se couchent d'une façon qu'on dirait des bananes… » Les humains seraient bientôt serrés comme des sardines sur la digue grise. Ça serait plus compliqué pour fixer le parasol, pour faire en sorte que les affaires ne s'envolent. Les peaux avaient rosi, quand elles n'avaient pas viré à l'écarlate. Avec la marée, il faisait plus frais et c'était mieux d'enfiler une petite laine. Une chose et une autre, le sable qui volait et le béton dont le contact était tout de même moins agréable, les rangs se clairsemaient. Des familles remballaient. Déjà des voitures franchissaient les écluses. Gilles, Louis et moi, de toute la journée, n'avions fait que regarder les autres avec curiosité. Ce n'était pas toujours triste, la misère.

Mon père n'était plus le même. Cela faisait plusieurs jours que je rentrais et que j'avais l'impression qu'il était inquiet de quelque chose. J'avais pensé qu'il me mènerait la vie rude après mon licenciement, eh ben non. Le soir même, il avait disparu pour ne revenir qu'au lever du jour, et un étrange calme s'était alors installé. Quand je m'étais décidée à faire des courses, en bus comme il se devait, il m'avait proposé d'utiliser sa mobylette. Grâce à la remorque, je pourrais prendre plus de nourriture, nous serions tranquilles plus longtemps. Sans me faire prier, me demandant s'il n'était pas un peu malade, j'avais pris la route du supermarché. C'était samedi, un bon jour pour le commerce, et pourtant le rideau de la boutique de Bertrand était baissé. Ça m'avait semblé curieux, mais comme j'appréhendais de croiser mon patron, j'avais ressenti aussitôt un certain soulagement. Il ne reviendrait pas sur sa décision et je ne préférais pas voir la tête de celle qui m'avait remplacée. J'avais fait les courses sans me presser. Si mon père devenait plus gentil, je pouvais l'être moi aussi, un peu, et donc, avant de m'en retourner chargée comme une mule, j'avais raflé sur le chemin un paquet de journaux au salon de coiffure.

Ainsi, quand je suis rentrée de la plage ce dimanche soir, j'étais sûre d'une chose, il y avait des produits frais dans le frigo. J'ai ouvert la porte de la caravane et mon père a eu l'air d'être rassuré. Peut-être qu'avec l'âge, il devenait anxieux, prenait la mesure du mal qu'il me faisait. Il a aidé à la cuisine, épluchant les patates, mais de temps en temps il écartait le rideau et regardait dehors. Ce n'était pourtant pas demain que Sandrine sortirait de son tonneau ! Aucun risque que son corps remonte à la surface ou que l'on vide un jour le bassin. Dans ma tête, ça se présentait désormais différemment.

Certes, c'était moi qui avais porté le coup fatal, je me souvenais de ce moment avec précision, mais comme mon père s'était occupé de faire disparaître le corps et avait effacé soigneusement toutes les traces, je m'étais forgé la conviction qu'il était le principal responsable, voire le seul. Après tout, s'il n'avait pas fait entrer cette furieuse dans notre vie, un tel drame ne se serait pas produit. En outre, il me semblait que j'avais payé pour ce crime, et pas qu'un peu.

J'ai cuit les patates à la vapeur et saisi un morceau de tende dont le boucher m'avait garanti le goûteux. Demain, j'irais à Pôle emploi, et comme j'avais rapporté des journaux, ça ne me coûterait rien de jeter aussi un coup d'œil aux petites annonces. À ce sujet, mon père s'est presque fâché. Que j'aille à l'agence, si j'espérais quoi que ce soit d'eux, il ne pouvait pas y aller à ma place, et lui, il décortiquerait les journaux. Les annonces dans le journal, ça le connaissait. Il savait très bien à quels emplois je pouvais prétendre. La route serait longue, si je voulais son avis. D'agir ainsi *nous* ferait gagner beaucoup de temps. Mon père s'était radouci. Il devait être inquiet à cause de l'argent qui bientôt manquerait, d'où sa gentillesse, comme une manière de conjurer le sort.

Mon père ne m'a pas reluquée pendant ma toilette. Même, à ce moment-là, il est sorti pour faire un tour sur la digue. Il n'avait pas d'autre choix. À cette heure, le pont de l'écluse était levé. Depuis quelques jours, il n'abusait plus de moi. Il restait sur l'autre banquette. Je me suis couchée et j'ai pensé à cette époque où je me bouchais les oreilles pour ne pas les entendre, lui et Sandrine. Il essayait d'étouffer ses grognements et elle, elle en rajoutait. Ils faisaient comme si j'étais endormie. La caravane bougeait et grinçait sous les coups de boutoir. Sandrine couinait à en devenir grotesque. Puis elle se promenait à poil en grillant une cigarette. Très tôt, j'avais su de quoi il retournait. Ça se jouait sous la ceinture. Ça m'intriguait, je dois reconnaître. Et quand plus tard, mon père avait baissé mon pyjama, malgré la peur, malgré la douleur, forcément, une certaine curiosité avait été satisfaite. Comment ça se passe dans la tête ! C'est toujours très bizarre !

Après le petit déjeuner, que j'ai préparé plus tardivement, il faut bien qu'il y ait certains avantages au chômage, mon père s'est installé dehors sur un pliant pour décortiquer les journaux. Il avait posé la pile sur un tabouret près de lui. Une brique empêchait que tout s'envole. Chaque journal était ouvert, parcouru puis froissé. Je trouvais que sa méthode laissait à désirer. Il passait plus de temps à regarder le paysage. Un bateau gigantesque s'était amarré au quai de l'usine sidérurgique, sans doute en fin de soirée. La digue était encore déserte. Le feu de l'écluse clignotait. Une eau verte et écumeuse clapotait contre les berges. Le ciel était zébré de nuages qui faisaient comme des cicatrices cotonneuses. Vivre là ! Ça n'avait pas de sens et pourtant cela durait depuis longtemps. Tous les matins, je sortais de ce décor avec l'impression de me sauver, j'émergeais de la caravane comme une libellule s'arrache à la vase d'un étang.

Mon père était préoccupé, je le voyais bien. Si c'était à cause de moi, il en faisait sans doute un peu trop. Aucun traitement, aucune crème qu'il appliquerait lui-même ne soignerait les blessures. Mais je devais profiter de l'accalmie, d'autant plus que j'avais perdu mon travail. À trop charger la mule, elle s'écroule. Aussi, avant de m'éloigner de notre caravane, je me suis penchée sur son épaule. Pour un peu, il aurait sursauté. « Toujours le nez dans la rubrique nécrologique, papa ? » Grognant, il a froissé le journal qu'il venait d'ouvrir puis l'a jeté par terre. Le vent a fait aussitôt rouler la boule de papier sur le sable. « Personne de ta connaissance qui soit mort ? »

18

Le jus et la crasse

Gilles

Mon vieux était en forme ce soir-là, mais pas soûl, ce qui était curieux pour un dimanche. Il ne m'était pas tombé sur le râble au retour de la plage. Nous étions au milieu du repas. Ma mère avait préparé de la saumonette. Mon père s'était réservé le foie. Il avait estimé un jour que je n'aimerais jamais ça et ne pouvait pas savoir comme il me donnait envie. Après avoir beurré une tartine, il avait étalé grossièrement le foie, puis salé et poivré. Mon père était de bonne humeur, bavard et même gentil. C'était donc un de ces rares moments où il avait un comportement normal. Ma mère et moi l'écoutions parler. Je me garderais de réagir. Il valait mieux se taire car l'ambiance pouvait changer d'une minute à l'autre. Toute parole se retournerait alors contre soi. Mon père était comme ces vents imprévisibles, qui soufflent par bourrasques, brisent les vitres et menacent de renverser tous les bibelots sur un buffet.

Les tuyaux ! C'était se torturer mais il ne pouvait pas s'empêcher d'y penser. Ces fichus tuyaux trop courts auraient un jour ou l'autre sa peau. Pour l'instant, c'était le chômage technique, mais il se ferait un ulcère, puis un cancer, à force. Et nous n'avions pas fini de rigoler ! « À terme, un quatrième réservoir sera ajouté au terminal, enfin c'est ce qu'y se dit, un réservoir d'un genre spécial… » Les Russes, encouragés par la hausse des températures, s'apprêtaient en effet à exploiter des champs gaziers dans l'Arctique. Toute la glace ne disparaîtrait pas, du moins en hiver, pour le moment, et il faudrait utiliser des méthaniers équipés d'une étrave brise-glace. C'était bien pensé. Le nouveau réservoir aurait pour rôle de transborder les cargaisons, de faire transiter le gaz d'un méthanier brise-glace à un méthanier traditionnel. « Les bateaux sont déjà en construction. Et tu sais où ? » J'ai haussé les épaules. Mon père a eu un sourire. « En Corée ! Et ça ne semble gêner personne ! » Ce n'était pas que mon vieux était bête, disait ma mère, mais il n'avait pas eu la chance d'aller à l'école longtemps, et il y avait le vin qui gâtait tout. « Quand tu sais qu'il n'y a même pas trente ans d'ici, on construisait les plus gros méthaniers du monde dans le coin, et c'étaient des milliers de gars qui croûtaient grâce à ça ! Mais bon, nous aurons un nouveau réservoir… Tu n'apprendras pas ça en classe. On n'explique pas l'hypocrisie à l'école ! » Quelques secondes, il est resté songeur, puis il a dit, se donnant le beau rôle : « Eh ben, tu vois, je préfère encore crever de faim que de boire à cette soupe-là, et tant pis si les tuyaux nous restent sur les bras… »

Mon vieux a continué de me surprendre. La fin du repas s'est bien passée. Je me suis mis à la vaisselle et il n'a fait aucune remarque. Ensuite, je me suis retiré dans ma chambre. Tout habillé sur mon lit, je regardais le plafond. Je n'ai pas été tranquille longtemps. Mon père voulait encore parler. Il a pris la chaise de mon bureau pour s'y asseoir à califourchon. D'habitude, quand il venait, les chairs m'en cuisaient, alors je suis resté sur le qui-vive. L'air de rien, j'ai attrapé un livre. J'avais remarqué que lorsque j'avais un bouquin dans les mains, ça me protégeait un peu. « C'est comme la centrale nucléaire, là-bas, où tu traînes tout le temps… Tu sais pourquoi elle a six réacteurs ? À l'origine, elle ne devait en avoir que quatre… » Je n'ai pas répondu et il a continué comme un professeur : « C'est l'histoire d'un Shah, en Iran, qui avait commandé deux réacteurs à la France, et puis la révolution a tout mis par terre, et on s'est retrouvé avec les réacteurs sur les bras, et alors pourquoi pas les mettre là ? » Il a regardé autour de lui. « C'est pas d'aujourd'hui, les désastres de la mondialisation. Ça fait un certain temps qu'on nous prend pour des billes… » Ma chambre était en désordre et il pourrait se fâcher à cause de ça. Mais il était toujours aussi calme. Si, soudain, il me demandait des nouvelles de mes phoques, je finirais de le trouver étrange, très étrange. « À ton âge, je fumais, et mon paternel n'aimait pas ça… C'est comme ça, souvent, les pères acceptent mal que leurs fils grandissent… Si tu savais ce que j'ai entendu quand je me suis rasé pour la première fois ! » C'était peut-être le moment de dire quelque chose, de montrer de l'intérêt, de sourire, mais je m'abstenais toujours. J'avais pris trop de coups, parfois pour un rien, un regard *de travers* ou un geste mal interprété. « T'as intérêt de bien travailler à l'école, pour avoir un bon boulot plus tard. Ne deviens pas ce que je suis devenu, c'est-à-dire pas grand-chose. Mais n'oublie jamais : tu pars toujours de plus loin, quand tu pars de là d'où l'on vient… » Il a remis la chaise à sa place et dit encore avant de ressortir : « Je suis content qu'on ait parlé un peu tous les deux… »

Un père est sorti de ma chambre et un autre est rentré dans ma tête. Ça ne se passait pas du tout de la même façon. Pour commencer, l'endroit était différent. La scène se déroulait dans une caravane, au bord d'un bassin d'eau putride, avec au loin des usines tout éclairées et des ouvriers à la tâche qui ne pouvaient imaginer l'horreur. Mona était blottie sous sa couette, sur sa banquette. Elle faisait mine de dormir, espérant être oubliée, mais il ne pouvait pas l'oublier, elle était si près, si appétissante. À l'autre bout de la caravane, il buvait et serait bientôt soûl. Il avait une pensée salace et se sentait soudain durcir. Alors, il jetait un regard vers la couette où se cachait Mona, et il souriait, comme on bave, elle ne pouvait pas lui échapper, ça serait quand il voudrait : elle était son jouet, sa proie. Elle ne dirait rien à personne, petite salope. Tu penses, elle n'allait plus à l'école et venait de se faire jeter de son boulot comme une malpropre. Il pouvait en profiter et pas qu'un peu. Bien sûr, il ne se brosserait pas les dents, avant. Sans doute, d'ailleurs, ne s'était-il pas lavé de plusieurs jours. Elle prendrait tout, le jus et la crasse. Il buvait encore car il devait se donner tout de même un peu de courage. Puis il se levait, s'approchait. Quand il était tout près d'elle, il se contentait d'ouvrir sa braguette. Il se glissait sous la couette. Mona se laissait faire, mais au bout d'un moment il la retournait pour ne pas voir son visage en larmes.

Le père de Mona pensait qu'elle ne dirait rien à personne mais elle avait quand même parlé, à moi, pas à Louis, parce qu'elle me préférait et aussi parce que j'avais une carabine, certainement. Plus j'y pensais et plus je me demandais comment Mona avait pu garder cela pour elle, car ça ne datait sûrement pas d'aujourd'hui. Le monstre méritait d'être puni. En attendant mon phoque, il pourrait faire une cible intéressante. J'ai dormi un peu sur le matin. Tout le reste du temps, j'ai manigancé des combinaisons dans ma tête. Je connaissais les dunes. Je savais m'approcher d'un objectif sans être vu. J'avais la patience d'un crapaud et la précision d'un sniper. Pas de chance, vraiment pas de chance pour lui.

J'étais censé aller à l'école et j'ai donc tout fait comme d'habitude, sauf que, avant de quitter ma chambre, j'ai descendu ma carabine au bout d'une corde. Nous habitions au premier et la vieille du dessous vivait avec les volets toujours fermés.

Un jour, elle crèverait et c'est l'odeur qui nous alerterait. Les munitions étaient dans mon sac. Personne ne remarquerait ma carabine dans l'herbe et les détritus, derrière les buissons. Le quartier était pourri mais calme. Certains immeubles étaient en train de se vider. Dans le secteur, on encourageait les gens à partir. Depuis qu'une usine avait explosé dans le sud du pays, on avait élargi le périmètre de sécurité. D'après les experts, nous étions trop près des raffineries. Il aurait fallu déplacer tout le monde mais ce n'était pas aussi simple, apparemment. Ma mère m'avait préparé des tartines à la confiture de rhubarbe que j'ai trempées dans mon café au lait. J'ai demandé si mon père était parti au travail et elle a eu un air désolé. « Il est encore au lit. » Elle avait beau dire que cela ne lui ressemblait pas, c'était souvent, désormais, que je me levais avant lui.

J'ai roulé dans la forêt, appuyant fort sur mes pédales. Une fois mon vélo caché près de la petite écluse, je me suis mis en mode commando. La zone était tranquille mais il ne fallait pas s'y fier. C'était une étendue sableuse située entre l'arrière de la digue et le vaste bassin. Aucun mouvement de troupes. On aurait pu croire que l'ennemi s'était retiré. Malgré tout, je restais vigilant. Dans ce secteur, c'était moins des petites dunes que de grands monticules. J'ai rampé dans le sable, ma carabine coincée dans mes bras repliés. J'ai atteint bientôt un creux propice. J'étais à peut-être cent mètres de la caravane. Rien ne bougeait. C'était une caravane ordinaire, de couleur blanche, avec une porte et des fenêtres qui marquaient les espaces de vie de part et d'autre. Elle n'était pas plus longue qu'un conteneur et ça devait être terrible de se retrouver à deux là-dedans, avec un monstre.

Un rapace a survolé la zone et j'ai souri, pensant qu'il s'agissait probablement du faucon de Louis. Je l'ai visé, mais il était déjà trop loin et puis le père de Mona venait d'apparaître. Il s'est installé sur un pliant. Il se présentait de biais et je pourrais facilement l'atteindre à la tempe. Il feuilletait des journaux qu'il jetait ensuite à côté de lui, et les pages roulaient ou s'envolaient en tourbillonnant. J'ai baissé ma carabine quand, à son tour, Mona est sortie de la caravane. Elle ne s'est pas attardée mais avant de s'éloigner, elle s'est penchée sur son épaule. Ça m'a paru curieux. J'ai cru un instant qu'elle allait l'embrasser. Mona souriait et lui, il faisait une tête d'enterrement.

Je suis resté longtemps avec le monstre dans ma ligne de mire. J'avais envie de tirer. J'appuyais doucement sur la queue de détente mais relâchais tout de suite après la pression. Mes doigts commençaient à s'engourdir. Ce n'était pas comme de tuer un phoque. D'ailleurs, je n'avais jamais tué de phoque. Où me conduirait ce crime ? Je pensais à ce que mon vieux m'avait dit pas plus tard que la veille au soir. Pour nous autres, la route était toujours plus longue. Quoi qu'on fasse, on partait de plus loin. Si je tirais sur ce sale type, je n'étais pas près d'arriver. Je n'étais pas stupide. La police me mettrait très vite la main dessus. Mais je ne pouvais pas en rester là. Je ne voulais pas me sentir lâche, faire comme si je ne savais rien. Je devais agir, mais comment ? Avant même de connaître la réponse, je me suis relevé. J'ai remis l'arme à l'épaule et marché d'un pas vif vers la caravane. Je me suis arrêté à moins de cinq mètres du monstre. Tout occupé à froisser ses journaux, il ne m'avait pas entendu approcher. Il a semblé s'effrayer, ce qui m'a encouragé à lui dire sans que ma voix ne tremble : « Je sais tout, monsieur, tout ! » Sur quoi, j'ai tourné les talons.

19

À désespérer de l'humanité

Cyril

Les vicelards, ça me connaissait. Je ne parle pas du morveux, mais de l'autre, qui était venu plus tard. Le morveux s'était éloigné en marchant tranquillement, le fusil à l'épaule, puis il s'était mis à courir comme s'il avait eu le diable aux fesses. C'était la première fois de ma vie que je le voyais, et il m'avait jeté à la figure qu'il savait tout… Qu'est-ce qu'il pouvait bien savoir ? Pour Sandrine dans son tonneau ? Du lait sortait encore de ses narines quand ce malheur était arrivé. Pour les dernières heures de Bertrand ? Wilfried avait fait trois fois le tour de la maison et il n'avait vu personne qui aurait pu nous entendre, à part le merle sur l'antenne de télévision. Ce morveux disait qu'il savait tout mais il ne savait pas grand-chose, ou alors il était bon à enfermer. Sachant tout, il serait allé directement au commissariat, et peut-être qu'ensuite il serait devenu fou. Ça me tracassait pourtant. Ce morveux savait quelque chose quand même, car pourquoi m'aurait-il joué ce petit numéro sinon ? Je ne pigeais pas. Ce n'était pas à cause de Sandrine. Ce n'était pas à cause de Bertrand. Je ne voyais pas de quoi d'autre je pouvais bien être coupable. D'ailleurs, ça restait à voir que je sois réellement coupable. Pour Sandrine, j'avoue, j'avais effacé les traces. Pour Bertrand, je reconnais, je n'avais pas réalisé que Wilfried avait perdu tout contrôle de lui-même, autrement j'aurais empêché le geste de trop.

Je ne pouvais vraiment pas être peinard. Les choses étaient en train de s'arranger et voilà que ce gars radinait à son tour. C'était peut-être une heure après le morveux. J'avais démantibulé un cageot et lancé un feu pour brûler les journaux ainsi que certains détritus qui traînaient autour de la caravane. Il faut bien faire le ménage, que quelqu'un s'y colle parfois. Un vicelard, j'ai tout de suite compris parce que j'en suis un moi-même. Je les flaire de loin et ça aiguise une sorte d'envie de compétition. Je ne crois pas aux signes que la Nature pourrait nous envoyer mais ça devait être un vicelard doublé d'un malfaisant. J'avais allumé le feu dans un tonneau et j'y mettais aussi bien du bois que du plastique. Il a garé sa voiture en bas de la petite écluse et aussitôt le vent est tombé. Il ne pouvait y avoir de rapport direct mais ça m'a chatouillé l'échine, comme quand une porte claque la nuit dans une maison vide. Le ciel m'a semblé se figer. Il était alors formé de deux couches distinctes, une couche qui faisait comme un plafond bas, grise de nuages et de fumées, et une autre lumineuse, de couleur jaune poussin, sur laquelle se découpaient les usines.

L'homme marchait dans cette lumière étonnante, comme si c'était par hasard. Il a longé le bord du bassin et quand il a été à quelques mètres, sans même se présenter, il a lancé : « C'est un drôle d'endroit pour vivre... » La fumée de mon feu montait à la verticale, finissait par s'étendre puis stagnait autour de la caravane. Ça sentait mauvais à cause du plastique mais je n'en étais pas incommodé, et lui non plus visiblement. « La faute au chômage. Je n'ai pas d'autre choix, je crois bien... » Il avait un visage lisse mais un regard qui ne glissait pas sur les choses, les épinglait plutôt. Pour autant, ça ne se lisait pas sur sa figure qu'il était de la police. Il a observé ma mobylette avec un air de connaisseur. « Un oncle en avait une comme ça. Motobécane Z54C, pas vrai ? 1954 ! » L'approche amicale. Il ne fallait pas me prendre pour un bleu. Ce gars, je me suis dit, ressemble à un serpent. D'abord, tu le vois, et puis il se glisse dans ta vie comme dans un tas de bois et c'est plus possible de le sortir de là. « C'est votre seul moyen de locomotion ? » Qu'est-ce que je disais ! Je continuais à balancer du plastique dans le tonneau. Je pouvais faire la grimace, il y avait des raisons. « Oui, car si j'avais eu encore une voiture, j'aurais changé d'endroit depuis longtemps. Mais sans parents, sans amis, comment donc déplacer une caravane ? » Il a tourné les yeux vers le bassin. « Sûr, le chômage isole... Ça serait trop vous demander de m'offrir un verre ? » J'ai arqué un sourcil. Après tout, il n'était peut-être pas là pour me chercher des crosses. Mais je devais rester sur mes gardes. J'ai parfois tendance à croire vraiment que les choses sont telles que, soudain, je les imagine.

Une dernière bouteille en plastique dans le tonneau et j'ai déplié la table de camping ainsi qu'un autre siège. J'ai rapporté de la caravane du rosé et des verres. Il avait fini par se présenter, comme si ça n'avait qu'une importance relative. Il était là pour la routine. Capitaine de police, Martin Verhoeven. Il avait allumé une cigarette. Ça semblait l'amuser, rapport au cancer. Il pouvait se le permettre, ce n'était pas, dans cette pollution permanente, le facteur aggravant, n'est-ce pas ? Cela ne me disait pas ce qui l'avait conduit jusqu'ici. Ma petite Mona aurait-elle fait une bêtise ? J'espérais bien que non. À quoi ça servirait de se saigner aux quatre veines pour son enfant, de lui donner une bonne éducation, malgré les circonstances désastreuses ? D'un geste de la main, il a écarté cette éventualité. Non, ma fille n'avait pas commis de bêtise, pas celle-ci en tout cas, ou alors c'était à désespérer de l'humanité.

Le rosé était tiède. Je ne boirais qu'une gorgée par souci de lucidité. Martin n'avait pas encore touché à son verre. Il n'était pas pressé. Il parlait, il parlait. Encore un qui cherchait à m'embrouiller. « La dernière fois que je suis venu dans le coin, ça doit bien remonter à dix ans… » C'était au sujet d'une fille à qui il était arrivé des misères sur la digue. En tout cas, c'était sa conviction. Ensuite, elle avait marché au milieu des raffineries et s'était fait écraser par un camion… « Ça ne vous rappelle rien ? » Je ne courais aucun risque à dire que ça me rappelait en effet quelque chose, vaguement. « Je regrette encore d'avoir lâché le morceau. On m'a obligé à bâcler. Petites gens, petites enquêtes. Elle s'était chamaillée avec son frère, plus tôt dans la soirée. Michel… Il s'occupait de la grande écluse. Il s'en occupe peut-être encore. Il s'est retrouvé avec le gosse de sa sœur sur les bras. Le malheureux… Je ne lui ai jamais dit qu'elle avait sûrement subi un viol… » Je m'en souvenais. Wilfried m'avait raconté. C'était le secret qu'il avait eu le tort de me confier.

Face au danger, on est tout de suite plus sûr de soi avec une arme, quelle que soit cette arme. Il venait de m'en procurer une. Je me sentais mieux, d'autant mieux que la menace que je redoutais tant avait maintenant un visage. Le serpent n'était pas encore dans le tas de bois, je le voyais, je pouvais éviter les morsures. Un long instant, il a semblé tout à ses pensées. Puis il s'est levé pour jeter le mégot de sa cigarette dans le tonneau. Dans ce tonneau, j'avais brûlé toutes mes affaires trempées de sang. « Bon, je ne suis pas venu jusqu'ici pour remuer la boue du passé. Il y a trop de boue… » Il a regardé le paysage, le bassin, la digue et les dunes. « Je suis persuadé qu'il y a des tas de cadavres enfouis dans le coin… » Je ne pouvais pas le contredire. Je me suis autorisé cette remarque : « Il y a eu la guerre par ici, ça canardait dur… » Il a hoché la tête. « Oui, c'est juste… et c'est toujours un peu la guerre… »

Martin a repris sa place et porté enfin le rosé à ses lèvres. Je ne m'étais pas formalisé qu'il arrive comme ça sans crier gare, et c'était peut-être une erreur. Il avait fini de prendre des détours et parlait maintenant d'une campagne désolée où l'on avait découvert un homme mort. Un moment ou un autre, il me faudrait m'étonner qu'il parle de ça. En quoi cette histoire me concernait-elle ? « Si je vous disais qu'il n'a pas souffert avant de mourir, je vous mentirais… » Je revoyais Wilfried. Il ne supportait pas que l'autre, déjà très amoché, à demi inconscient, ferme les yeux quand il lui parlait. Wilfried avait serré les mâchoires de sa tenaille sur un sourcil. Il avait arraché ainsi de la peau, des poils, jusqu'à de la paupière. C'était maintenant que je devais intervenir, si je ne voulais pas apparaître comme un être dépourvu de tout sentiment, sans cœur. « Que lui est-il donc arrivé ? » Il a levé la main. « Comprenez que je passe sous silence les détails. C'est la procédure. Nous pouvons annoncer qu'un homme est mort dans d'affreuses circonstances, mais surtout pas donner de précisions. Imaginez que nous disions que les affreux ont attaché le gars à une chaise avec du fil barbelé, nous aurons aussitôt dix malades au moins qui s'appuieront là-dessus pour se dénoncer… Et nous, là, on rigolerait, parce que la victime n'était pas attachée avec du fil barbelé mais avec une corde… » Ouais, sauf que c'était avec du fil de fer tout simple. Chapeau, ai-je pensé, jolie manœuvre. Je suis resté sans rien dire, comme sous le choc. Ça se digère, une histoire pareille, ça remue, ça glace le sang et même ça pose des questions quant au pire qui sommeille en soi.

Le ciel avait changé d'aspect. Plus de jaune poussin. Que du gris très gris. Martin n'avait pas l'air d'apprécier mon rosé, ou il n'avait pas soif, pourtant c'était lui qui avait demandé à boire. C'était sûrement pour m'endormir. « C'est terrible ce que vous me racontez, mais ça ne me dit pas pourquoi vous êtes venu me voir… » Il a eu un grand sourire. « Je me demandais à quel moment vous poseriez la question… Cet homme, il se trouve, employait votre fille… » Je me suis dressé sur mon siège, comme sous le coup d'une décharge électrique. « Vous n'allez tout de même pas croire que ma fille pourrait faire une chose pareille ? » Pour un peu, il se serait mis à rire. « Non, je vous ai dit, ou ce serait à désespérer de l'humanité… Néanmoins, plusieurs questions se posent… Pourquoi votre fille ne s'est pas inquiétée du rideau baissé ? Mais peut-être était-elle en congé ? » Sur ce point, je pouvais être parfaitement honnête. Mona ne travaillait plus là-bas. « Ceci explique cela, en effet… Elle a sans doute trouvé mieux ailleurs… Et elle a quitté son emploi longtemps avant le crime ? » Le Martin était malin. Le Cyril aussi ! « Pour vous répondre, capitaine, il me faudrait connaître le jour du crime ! » J'étais content de ma parade. Néanmoins, ça m'a semblé préférable de dire la vérité. Ça remontait à une huitaine, quelque chose comme ça… Il s'est mis à réfléchir. C'était, je reconnais, une drôle de coïncidence. Des oiseaux sont passés au-dessus de nous. Trop gros pour être des pingouins, à mon avis. Surpris par notre présence, ils ont viré brusquement avant de descendre vers le bassin. « J'aimerais parler à votre fille… Dites-lui de passer me voir au commissariat… Qui sait ? Elle a peut-être été témoin d'une altercation dans les jours qui ont précédé le crime, ce qui pourrait nous mettre sur une piste… » J'avais compris qu'avec ce gars, il ne fallait pas tout prendre pour argent comptant. J'ai feint l'étonnement. « Car vous n'avez pas de piste ? » Il a dressé les sourcils. « Pas de piste, mais de l'ADN en pagaille… » Je voulais bien le croire, avec tout ce que Wilfried avait vomi : tripes et boyaux. Une petite nature, Wilfried. Martin s'est levé. « Toujours compliqué, ce genre d'affaire. De toute évidence, nous sommes en présence d'un meurtre commis par des déséquilibrés, de féroces malades mentaux… » Quand même, il y allait un peu fort !

Ça faisait beaucoup que mon cerveau avait à enregistrer. Honnêtement, je tirais mon chapeau à ce Martin. Il n'avait pas lambiné. Mais je me sentais soulagé, ça devenait moins effrayant, maintenant que je comprenais la logique du raisonnement. Martin ou un autre devait venir tôt ou tard. Cela ne voulait pas dire que j'étais dans le collimateur. Mona aurait à répondre à quelques questions, mais je doutais qu'elle fasse le lien avec la nuit que j'avais passée dehors. Bien sûr, il y avait le vomi, mais ce n'était pas mon vomi. Je me faisais plus de souci pour Wilfried. Il faut dire qu'il accumulait. Le viol de cette fille, qui était passée ensuite sous les roues d'un camion, et Bertrand qu'il s'était amusé à faire souffrir jusqu'à ce que mort s'ensuive. Je ne pensais pas que ça irait jusque-là. Je n'avais jamais voulu ça. L'intimider, lui faire comprendre que ce n'était pas bien de jouer avec la vie des gens, oui. Le tuer, non.

La visite de ce Martin m'avait fait oublier le morveux. Ça restait la donnée la moins compréhensible. Mona aurait-elle un petit copain ? Était-ce *son* petit copain ? Pouvais-je l'accepter ? Lui aurait-elle parlé de Sandrine ? Ça serait tout de même surprenant. Mais il devait savoir pour le licenciement. Voilà ce qu'il savait ! Pas grand-chose donc. Alors pourquoi venir troubler ma tranquillité ? Comme si j'étais responsable ! Il savait pour le licenciement et s'il tenait à ma petite Mona, il pouvait s'en être pris à Bertrand aussi. Wilfried n'aurait pas sévi que le morveux aurait fini par le faire, peut-être. À condition d'avoir un peu plus de cran. Je revoyais ce blanc-bec décamper comme un lapin. Lui, une menace ? Ça me ferait mal quelque part. Non, la menace, c'était Martin, qui pouvait s'accrocher à cette affaire parce qu'il n'avait pas été à la hauteur par le passé. Il pourrait bien traîner sur la digue et parler aux pêcheurs… Pourquoi aux pêcheurs ? Bon Dieu ! Ça devenait limpide ! Sur la scène de crime, ils avaient trouvé du vomi, mais aussi d'autres traces, comme des écailles de poisson… Wilfried se plaignait assez que ses doigts puaient toujours le poisson. Moi, j'avais mis des gants, pour ne pas m'abîmer avec le fil de fer. Le vomi, les traces de poisson, tout semblait désormais accabler Wilfried.

20

Une belle pêche

Wilfried

Josiane profitait de ma faiblesse. Tous ces jours, tandis que j'étais effrayé à l'idée de sortir, elle n'a pas raté une occasion. Elle envoyait les aberrants jouer sur le dépotoir en face puis me coinçait entre ses jambons. Elle avait beau me serrer le quiqui, je bandais mollement désormais, et elle me fichait des baffes, pour m'apprendre ! Et c'est ainsi que Carl, un après-midi, nous a surpris, échevelés et dépoitraillés, sur le carrelage de la cuisine. Josiane me chevauchait en biberonnant sa bibine, la tête penchée pour voir la télévision restée allumée dans l'autre pièce. C'était la rediffusion d'une compétition de natation. Par instants, Josiane tenait sa canette entre les dents et faisait aller ses bras dans un mouvement crawlé, sans cesser de me faire coulisser dans sa vulve. Carl, à la fenêtre, a écarquillé les yeux d'effarement. Puis il a tourné les talons. Sa mère aurait aimé qu'il brille sur la cendrée, mais autant demander à une grenouille de décrocher la lune avec la langue. Pourtant, il n'a pas mis longtemps à revenir, en compagnie de ses frères Lance et Tony. Ils se sont collés au carreau. Leur mère leur avait annoncé que bientôt ils auraient un petit frère qui s'appellerait Lionel, comme Messi, le footballeur qu'ils admiraient tant. C'était donc pour cela que papa suffoquait sous maman ? Ça les fascinait. Tellement concentrée sur la télévision, Josiane n'avait pas remarqué que j'avais molli, à ne vraiment plus tenir en elle, mais j'étais toujours coincé entre ses cuisses, et j'en serais venu à sangloter de honte.

Le soir, au repas, j'étais carrément mort de honte. Je n'arrivais plus à les regarder en face. Les aberrants rigolaient sous cape pendant que Josiane, la roulée au coin des lèvres, remplissait les assiettes de purée. De la cendre tombait et elle me faisait : « Prends des forces, mon chéri ! », et je savais que mon calvaire recommencerait quand la marmaille serait couchée. Un jour, très soûle, elle a lancé : « T'es même pas capable de me coller un moutard dans le tiroir ! » Elle avait la mémoire courte. J'aurais aimé qu'elle précise sa pensée. J'ai alors considéré Carl, Lance et Tony sous un autre œil. Étais-je bien le père de ces petits monstres ? N'avais-je pas été abusé ? Il fallait chercher la ressemblance. Aucun, surtout, n'était doué pour la pêche en surfcasting. Mais qui d'autre que moi aurait bien pu s'occuper de féconder Josiane ? Ces questions, je ne me les serais pas posées si je n'avais pas eu peur de mettre le nez dehors. J'allais y laisser la peau. Au mieux, si je ne m'arrachais pas à ce cloaque, je deviendrais fou à lier. Je trouverais mon salut dans la pêche en surfcasting et pas autrement. Il n'y avait que la pêche en surfcasting qui pouvait me sauver, ça et l'amitié. Maintenant, j'avais un ami, et pas n'importe quel ami. Je pensais avoir montré que j'étais devenu un vrai ami, moi aussi. La purée dans mon assiette me donnait la nausée. Je n'aurais pas pu en avaler une seule cuillerée.

J'ai profité que Josiane dormait. C'était au moment de la sieste. Je n'avais pas touché à la voiture depuis la fameuse nuit. Pour le coup, dans le seau, le poisson était pourri. Ça puait la mort. Ça grouillait d'asticots. J'ai sorti le seau du coffre, espérant que Josiane se prendrait les pieds dedans, et procédé à un bref inventaire. La glacière était vide mais je ne me risquerais pas à repasser par la cuisine. Elle servirait à recueillir le fruit de ma pêche. Sinon tout était là : mes cannes, mes lignes, mes avançons, mes moulinets, mes plombs. Soudain, je me sentais revivre, et mon état n'a cessé de s'améliorer à mesure que je me suis éloigné de mon quartier. Il n'y a que la pêche en surfcasting qui vaille, je pensais en moi-même, et c'est plus fort que tout, c'est un truc que j'ai dans le sang, ça me perdra… J'ai traversé les raffineries en sifflotant. J'ai franchi la petite écluse, content.

C'était marée basse et ça tombait bien car je n'avais plus d'appâts. J'ai arrêté la voiture tout en bas de la digue, juste à la limite du sable, puis je me suis mis en quête de vers de côte. Les vers de côte sont facilement repérables à cause des tortillons qu'ils forment à l'entrée de leur tunnel. L'estran en était parsemé. Je m'approchais en marchant avec précaution pour ne pas les effrayer. De trop fortes vibrations les feraient s'enfoncer loin dans le sol. L'idéal était de les surprendre près de la surface. La capture était alors plus facile. Trois ou quatre coups de bêche et le tour était joué. Pendant plusieurs heures, ça a été le Paradis sur la Terre. J'ai attrapé des vers et des vers que j'ai enfilés sur mes hameçons. J'ai mis ensuite tout mon matériel sur le chariot et roulez jeunesse ! Tout près des vagues, enfin, j'ai fixé les empiles sur les lignes et déployé mes cannes.

À croire que j'avais trop souffert tous ces jours, la pêche s'est révélée immédiatement abondante. J'avais mal aux bras à force de mouliner, et je souriais comme un benêt. Celui qui n'avait jamais pratiqué la pêche en surfcasting ne pouvait pas savoir ce bonheur. J'oubliais toutes les horreurs de ma vie. C'était comme si je me purifiais, que mes fautes m'étaient pardonnées. Pourquoi sinon tout ce poisson, soudain ? La

Nature me récompensait. Des merlans par dizaines, quelques carrelets et puis des bars, c'était le retour du bar ! À ce train, j'allais remplir la glacière. Elle pesait de plus en plus lourd. J'éprouvais son poids, reculant au rythme de la mer. Je finirais par me retrouver près de ma voiture. C'était ainsi que ça se passait toujours. Immuablement, comme rejeté par les vagues, le pêcheur en surfcasting revient à la digue, la glacière remplie de poissons, le cœur bondissant de joie !

Alors que je reculais à nouveau sur l'estran, j'ai entendu quelqu'un crier dans mon dos. Je me suis retourné et j'ai aperçu Cyril qui, agitant les bras, surgissait des petites dunes. Sa silhouette trapue se découpait sur fond de fumées néfastes. Cyril, mon ami ! Il n'allait pas en croire ses yeux. Tout ce beau poisson dans ma glacière ! Cyril descendait maintenant la digue, les mains vides et le front soucieux. Il est arrivé tout essoufflé près de moi. Il s'est penché, appuyant sur son ventre, comme s'il avait un point au côté. « Wilfried, mais où étais-tu donc passé ? » Sa respiration était encore haletante. « Je n'ai pas de bonnes nouvelles. Tu as laissé plein de traces derrière toi. J'ai bien l'impression que tu es dans de sales draps… »

D'abord, j'ai cru qu'il blaguait, qu'il me faisait marcher. Et puis toute ma joie s'est envolée, car Cyril était très sérieux, il insistait, j'étais bon comme la romaine. Désolé, ai-je commencé alors à me défendre, mais je me voyais obligé de lui rappeler que nous avions été deux sur ce coup-là, lui et moi, comme les doigts d'une main. Je ne pensais plus à mes cannes et la mer continuait à monter, monter. Bientôt, les roues avant de ma voiture seraient dans l'eau. Cyril a dodeliné de la tête. « Quand bien même ! Tous les soupçons se portent sur toi… Et moi, je dis que ça serait tout de même trop bête que nous tombions tous les deux ! » Je me suis senti pris de vertige. Je me revoyais avec la tenaille ensanglantée. J'avais trop bu. Nous avions fait la razzia sur le bar. Cyril avait attaché le gars avec du fil de fer et je m'étais occupé de le tourmenter. À ce moment-là, il pleurait, il avait cessé d'essayer de comprendre ce que nous lui voulions. Moi, d'ailleurs, je n'avais rien à lui reprocher. L'alcool m'avait rendu brutal. C'était à cause de l'alcool. J'étais tout embrumé et dans mon dos Cyril ouvrait des tiroirs, remuait des objets, rouspétait. Il m'avait demandé si je m'en sortais bien tout seul. Et comment ! J'avais bâillonné le gars pour ne plus l'entendre gémir. Il se vidait. C'était la fin. Ça ne paraissait pas plus compliqué que d'écorcher une anguille. « Ce n'est pas moi qui l'ai tué, quand même ! » Cyril disait la vérité. Le gars avait clamsé. J'avais vomi. « Mais ! je risque d'aller en prison ! et on ne peut pas pêcher en surfcasting en prison ! » Cyril a eu alors des paroles qui m'ont blessé profondément. « Oh ! lâche-moi, veux-tu, avec ta pêche à la con… »

C'était con, peut-être, tout ce poisson dans ma glacière ? Ne voyait-il pas ces frétillants merlans, ces beaux bars ? Ça ne se passerait pas comme ça. Nous étions amis, pas vrai ? « Les potes, ça se serre les coudes, hein ? » Comme il ne répondait pas, je suis passé au mode menace : « Et si je tombais tout seul, comme tu dis, et que je te dénonçais, au bout du compte ? » La mer commençait à lécher le bitume. Elle avait déjà entouré mes trépieds et la glacière. Elle clapotait contre mes roues. Cyril a soupiré, excédé. « Écoute, Wilfried, tu me fatigues… Ça sera comme ça et pas autrement… » Comment il me parlait ! Ce n'était pas assez d'avoir Josiane sur le dos ! Voilà que mon meilleur ami, mon seul ami me remplissait les bâts de cailloux ! Et je n'avais pas encore tout entendu ! « Et si je te disais que je sais ce qui est arrivé à la fille, tu te souviens, celle que tu as chopée un soir sur la digue… » J'ai baissé les yeux, balbutiant : « C'était il y a longtemps… C'est un secret entre nous… » Cyril s'est mis à rigoler. « Il y a des limites au secret… Car vois-tu, après que tu l'as violée, cette pauvre fille s'est fait écraser par un camion, pas très loin d'ici… » Une minute ou deux, je suis resté sans voix, puis j'ai demandé : « Comment tu sais ça, toi ? » Il a souri, comme un qui a plein de malice dans son vilain sac. « Par le flic qui est à tes trousses… Et c'est pas le pire, à mon avis… Cette fille avait un gosse… un gosse que son frère a recueilli… Et son frère, c'est l'éclusier de la grande écluse… Tu fais le rapport ou tu as besoin d'un dessin ? » Il m'aurait transpercé avec un harpon que j'aurais suffoqué pareil. « Louis… » ai-je soufflé. Cyril savait que Louis me tenait parfois compagnie quand je pêchais. « Je n'ose pas imaginer ce qui se passerait dans la tête du gamin s'il savait… et dans la tête de l'éclusier… Il te faudrait sans doute trouver un autre endroit pour pêcher en surfcasting… À propos, ce gamin n'aurait pas un fusil par hasard ? » Tout abasourdi que j'étais, j'ai répondu machinalement : « Non, c'est plutôt Gilles… » Cyril a hoché la tête. Il semblait être venu pour m'entendre dire ça. Il se moquait du reste, de ce que je pouvais bien ressentir. « Si je mets les choses bout à bout… Permets-moi de te dire, Wilfried, que tu fais un beau salopard… »

Passerais-je à travers que je ne pourrais plus jamais regarder Louis en face. Cyril était reparti par là où il était venu. J'étais monté dans ma voiture. Soudain, j'avais eu froid. J'entendais la mer claquer contre le châssis. Les vagues avaient renversé mes trépieds. À force, la glacière s'était remplie d'eau et les poissons morts s'étaient mis à flotter tout autour. Mes cannes aussi avaient été emportées, je les voyais pointer dans les rouleaux, je me demandais s'il y avait des poissons accrochés aux hameçons. J'étais fichu. Je continuais à avoir froid, et pour cause, il y avait maintenant de la flotte dans ma voiture. Comme la digue était en pente, ça voulait dire que le moteur trempait dans l'eau. J'aurais bientôt le cul mouillé. Je n'entrevoyais pas de solution. D'un côté, il y avait Josiane et les morveux, de l'autre la prison. Cyril me tenait et si je passais miraculeusement dans les mailles, je voyais désormais clair dans son jeu, il me ferait chanter. Louis saurait pour sa mère et je devrais trouver un autre endroit pour pêcher en surfcasting. Le problème, c'était que je ne m'imaginais pas pêcher ailleurs. Non, non, non…

La mer continuait à monter. Le courant emportait mes cannes. Soudain, une grosse tête à moustaches a émergé des vagues. Un phoque ! Les poissons morts qui flottaient avaient dû l'attirer. Quelques mètres nous séparaient. Il s'est approché un peu plus, poussé par la faim ou la curiosité. À travers le pare-brise, je voyais maintenant sa tête mais aussi son ventre, ses pattes et sa queue. C'était beau ! Je ne sentais plus mon corps. Le phoque s'est coulé contre la vitre comme il l'aurait fait dans un aquarium. Peut-être a-t-il nagé tout autour de la voiture. J'avais encore de l'air dans mes poumons. Allez, encore un peu de courage.

21

Les salopards s'en tirent bien

Michel

Long de deux cent quatre-vingts mètres, le *Anangel Ambition* se situait entre le *Hanjin Odessa* et le *Cape Stefanie*. Battant pavillon Grèce, il n'était pas le plus beau navire que j'avais vu passer dans le sas de mon écluse. Sa couleur bleu clair détonnait mais surtout, à force de taper les vagues, et aussi par un manque d'entretien évident, il présentait un gros nez corrodé, couvert de grandes taches de rouille. Comme tous les minéraliers, il était beaucoup plus imposant à vide. Maintenant que le minerai était déchargé, sa coque apparaissait bicolore, presque aussi rouge que bleue.

L'heure était venue de le sortir du bassin grâce à une manœuvre qu'aucun capitaine ne pouvait accomplir seul. Quatre remorqueurs n'étaient pas de trop. L'*Adroit* et l'*Aventureux* étaient liés au monstre par leur remorque, l'un à la proue, l'autre à la poupe. Le *Clairvoyant* et le *Robuste*, eux, poussaient sur le tribord le temps de larguer les amarres. De loin, les remorqueurs faisaient figures de modestes embarcations, mais il ne fallait pas se fier à l'allure. Maigres, certes, mais puissants. C'était, selon le remorqueur, presque quatre mille ou six mille chevaux dans le ventre, quarante ou soixante-dix tonnes de traction au crochet. Une fois les amarres larguées, le *Anangel Ambition* a semblé être écarté du quai avec une grande facilité. Le *Clairvoyant* a ensuite contourné le navire afin d'aller pousser sur son bâbord. Il était question maintenant de le reculer jusqu'à la zone d'évitage. Délesté de son minerai, le *Anangel Ambition* pesait encore quelque quatre-vingt mille tonnes. C'était toujours fascinant de voir un bateau de ce gabarit tourner alors dans l'eau aussi aisément que s'il s'était agi d'une valse. Poussant ou tirant, créant de profonds et capricieux remous, les remorqueurs l'ont ainsi fait pivoter à 180°. Le *Anangel Ambition* s'est retrouvé avec son gros nez rouillé dans l'axe de l'écluse, et quelques minutes plus tard, il y pénétrait, précédé de l'*Aventureux*. Le minéralier faisait quasiment la largeur du sas, de sorte que le *Robuste* et le *Clairvoyant* ne pouvaient le suivre en restant sur les côtés. Pendant un moment, le géant a coulissé entre eux, puis les remorqueurs se sont écartés. Les portes côté bassin ont scellé ensuite le sas, lentement mais sûrement.

J'avais observé la manœuvre dans la zone d'évitage depuis le quai, après quoi j'étais retourné à ma vigie. Nombreux étaient les automobilistes à attendre que le pont s'abaisse. C'était toujours le même cirque. Les éclusiers ont regagné leur voiture de fonction. Les sirènes ont mugi et le tablier a entamé son mouvement de bascule. Le géant sortait du sas quand j'ai entendu qu'on frappait à la porte en bas. Je suis descendu pour ouvrir et j'ai mis un instant à remettre l'homme qui me souriait, semblant comme gêné par la situation. Je ne lui avais pourtant pas demandé de venir.

Je me souvenais de son prénom : Martin. Après tout ce temps, ça m'étonnerait qu'il ait du nouveau à m'apprendre au sujet de ma frangine. Il n'avait pas été désagréable à l'époque. Il aurait pu m'accabler, insinuer que c'était en partie de ma faute, mais il ne l'avait pas fait. Je l'ai jaugé quelques secondes. Il avait pris dix ans, tout comme moi, sauf qu'il semblait moins abîmé par la vie. D'un signe de tête, je l'ai invité à me suivre. Il a dit : « C'était un gros bateau… » Nous étions encore dans l'escalier. Il était derrière moi. J'ai veillé néanmoins à contrôler ma réaction. Jusqu'à ce qu'il prononce ces paroles, je n'avais plus pensé à Christelle, et il était préférable que je n'y pense plus jamais. Jérôme n'avait vraiment rien à craindre.

La salle de commandement était la plus lumineuse et on y voyait la côte comme du bord d'une falaise. Martin a contemplé le paysage pendant que je préparais du café. Le *Anangel Ambition* était déjà très loin sur la mer. J'avais deux heures avant le prochain bateau. J'ai sorti des tasses et fini par dire : « Ça reste impressionnant, il faut reconnaître… » Du temps a passé ensuite. Il avait visiblement des choses à me dire mais je n'allais pas le presser. Quand il a entamé sa confession, j'avais déjà bu deux tasses de café. « J'étais trop jeune… J'ai été désigné pour m'occuper de l'affaire, et je dois avouer, nous ne sommes pas allés au bout des choses… » Il s'excusait, conscient que ça ne me soulagerait en aucune manière, que cela raviverait plutôt la douleur. « Mais ça vous pèse ? » Il n'avait pas encore trempé les lèvres dans son café. Il m'a regardé fixement. Un nerf palpitait à l'ancre de son œil droit. Il devait se demander s'il n'avait pas fait une erreur en revenant ici. « Sans aucun doute, ça me pèse depuis dix ans… Aujourd'hui, je dois vous le dire, votre sœur Laurence n'était certainement pas dans son état normal lorsqu'elle a été percutée. Sur ce point, je ne différerais pas de la version officielle, c'était un accident… » J'ai reposé ma tasse sur la table. « Mais ? » Maintenant, il en avait trop dit. « Vous vous étiez disputés bien sûr, mais ça n'a pas été le plus grave… Entre ici et là-bas, votre sœur a fait une mauvaise rencontre… » Tous les muscles de mon corps se sont tendus. J'ai remué mes doigts soudain engourdis, comme si mon sang s'était figé. Martin soutenait mon regard. Il ne voulait plus se dérober.

Je suis resté longtemps silencieux. Laurence avait subi des violences. Elle avait des marques bleues sur les poignets. Une autopsie aurait indiqué qu'elle avait été violée, ou non. Je me serais décidé à la rattraper sur la digue ce soir-là que ça ne serait pas arrivé, ni le viol ni l'accident, encore moins l'accident. Et un salopard serait sans doute mort de mes propres mains. « Après toutes ces années, vous revenez pour me dire ça... » Le café était froid et il a fait la grimace. « Je passais dans le coin... C'était maintenant ou jamais... C'est mieux comme ça... » Ce n'était pas seulement comme s'il se soulageait d'un fardeau. On aurait dit qu'il classait un dossier. Ça m'a rendu nerveux. Mais peut-être interprétais-je mal son attitude. « J'enquête sur un meurtre... » S'il y avait eu un rapport, il en aurait parlé différemment. Il a semblé lire dans mes pensées. « Aucun rapport, a priori. Mais qui peut savoir ? Les choses, toujours, sont liées entre elles. » Je me suis levé pour regarder la mer. « Et vous soupçonnez quelqu'un sur la digue... Vous irez jusqu'au bout, cette fois... » Il a soupiré, désolé à l'avance. « Je ne soupçonne personne. Simple routine. Je dois recueillir un témoignage mais, je le crains, ça en restera là... Il s'agit d'un crime au hasard, sans raison, sans mobile, sans précédent. L'expression de la cruauté pure. Affaire compliquée, à moins que les coupables ne perdent les pédales, se trahissent... » J'ai répété dans un murmure : « Les coupables... » Et il a acquiescé. « La combinaison funeste. Le duo malsain... De vrais méchants. » Un court instant, nous avons gardé le silence. Il finirait par classer sans suite, à nouveau, et deux autres salopards continueraient à traîner libres comme l'air. « Dans la plupart des cas, les salopards s'en tirent bien, et continuent leur vie, comme vous et moi, enfin, pas tout à fait, j'espère... » J'ai souri à la mer. À mon avis, il perdait son temps dans le coin. Il n'y avait que de pauvres gens sur la digue.

Sans ironie apparente, il a admis : « Je veux bien le croire. Et les pauvres gens, par nature, sont innocents… »

Louis est rentré un peu plus tard. Il n'avait pas l'air dans son assiette. Moi-même, j'étais perturbé. Je lui mentais par omission depuis des années. Le temps n'avait pas allégé le poids du mensonge, juste permis qu'il soit par moments plus supportable. Et voilà que ce flic réapparaissait, me balançait la vérité sans beaucoup de précaution. Voilà que le souvenir devenait encore plus douloureux, et le mensonge plus lourd. C'était déjà un terrible drame. J'avais l'impression de le revivre avec une intensité accrue. Je ne pensais pas cela possible, encore moins que naîtrait bientôt une envie de vengeance. Jusque-là, je ne m'en étais pris qu'à moi-même. Il y avait un violeur dans la nature. Louis passait sa vie sur la digue. C'était ça, le pire. Il avait sûrement croisé l'agresseur de sa mère. Il le connaissait, le fréquentait peut-être… Cette idée m'a immédiatement glacé le sang. J'ai passé une main dans ses cheveux, résistant à l'envie de le questionner sur les gens qu'il voyait.

Un violeur, la nuit, sur la digue… C'était un drôle d'endroit pour attendre sa proie. Mais l'araignée tisse sa toile dans de drôles d'endroits. La probabilité qu'une bête s'y prenne est faible mais elle tisse sa toile quand même, et elle attend. Ce qui s'était produit, c'est que la proie était venue d'elle-même au prédateur. Le violeur était un habitué de la digue. À quoi occupait-il son temps ? La nuit, il y avait les amoureux qui parfois s'amusaient, se croyant à l'abri du danger, et les pêcheurs en surfcasting. Ceux qui se laissaient coincer tous les soirs n'étaient pas si nombreux. En dehors de Jérôme, ils n'étaient que deux : ce gars et sa fille dans la caravane tout au bout de la digue. Les ponts étaient relevés la nuit. Non, à l'époque, ce n'était pas encore devenu la règle. Mais il y avait déjà des amoureux qui venaient flirter là, peut-être bien le gars et sa fille dans la caravane, et les pêcheurs, il y avait toujours eu des pêcheurs. Et peut-être, un putain de soir, parce que parfois ça joue de malchance, un autre gars tout seul, un détraqué, qui avait violenté ma sœur.

Le *Pleiades Dream*, minéralier battant pavillon Japon, était à l'approche, flanqué de ses remorqueurs. Dans moins d'une heure, il serait amarré, cales grandes ouvertes, sous les portiques de déchargement. Je n'avais pas eu le temps de songer à mes retrouvailles avec Jérôme et à ses confidences. Je ne l'accablerais pas, encore moins je le jugerais. Il y a des choses dans la vie qu'il faut régler par soi-même. Il n'y a qu'une justice, celle qui punit les coupables. Après la sassée, j'ai préparé le repas. Louis faisait ses devoirs à la table de cuisine. Il étudiait son anglais. Un instant, je me suis penché sur son épaule et j'ai dit : « Je ne peux pas t'aider, malheureusement… » Tout semblait comme un soir ordinaire, avec le silence qui s'installait, le vent qui faisait vibrer les vitres et, me taraudant, ravivée, ma vieille douleur. Louis mettait le couvert quand la nouvelle est tombée. Patrick téléphonait de l'hôpital : « Sylvie n'est plus… » Puis il a raccroché. Maintenant, nous pouvions acheter des fleurs.

TABLEAU V

22

Mieux qu'un squelette

Mona

Les questions que ce policier m'avait posées étaient simples, mais je me trouvais encore sous le choc. Mon père ne m'avait pas préparée à cela. Il avait prétendu ne rien savoir. Un policier était passé à la caravane, comme s'il n'avait pas mieux à faire ! Voilà comme les choses semblaient se présenter. Mon patron, enfin mon ex-patron, aurait eu quelques petits ennuis, peut-être avec des voyous dans son magasin. Mon père se demandait en quoi ça pouvait bien me concerner, maintenant ! Ne connaîtrais-je pas par hasard deux sales gosses qui auraient décidé d'en faire voir à Bertrand, rapport à mon licenciement ? J'avais haussé les épaules. C'était une idée saugrenue. Et puis j'avais fait du chemin. La situation n'était pas si grave. J'étais jeune. J'avais confiance. J'allais rebondir ! Et ma vie serait mille fois mieux qu'avant. « Si tu le crois… » Eh bien alors, Bertrand s'était sûrement fait agresser pour une autre raison et ce policier voulait me montrer des photos de gars susceptibles d'avoir monté le coup. Mais, était-ce à dire que Bertrand se trouvait dans l'incapacité de les reconnaître lui-même ? « Comment veux-tu que je le sache, ma chérie ! » J'étais innocente et pourtant j'appréhendais de me rendre au commissariat. Rien encore dans l'attitude de mon père ne m'avait mis la puce à l'oreille. Je finissais même par ne plus m'étonner de sa gentillesse. « Pourquoi ne prendrais-tu pas la mobylette ? Plus vite partie, plus vite revenue ! »

Tripotant la lanière de mon casque, j'avais attendu que ce policier vienne me chercher dans le hall. Très aimablement, il m'avait demandé de le suivre dans son bureau. Quelques minutes plus tard, choquée, je peinais à trouver mes mots. Il n'était pas allé par quatre chemins. Mon ex-patron était mort assassiné et, à en juger par les éléments qu'il avait en sa possession, c'était arrivé le soir de mon licenciement. Probablement s'agissait-il d'une coïncidence, mais il se voyait dans l'obligation d'éclaircir certains points, à tout le moins d'essayer. Pour quel motif avais-je été licenciée ? Je pensais que c'était à cause d'un carton de parfum que j'avais fait tomber par inadvertance. En même temps que je donnais cette explication, j'ai pris conscience que ce motif était ridicule. « Pour un carton tombé par terre, votre patron vous a mise à la porte… Le soir même, vous avez quitté votre emploi… Savez-vous qu'il y a des lois dans ce pays ? Savez-vous qu'on ne peut pas se comporter ainsi avec un employé ? » Pour ce que ça changeait au bout du compte ! J'ai baissé les yeux, me tordant les lèvres. Un autre homme était là, aussi discret qu'un pot de fleurs, qui pianotait sur un ordinateur portable. « Je ne veux pas vous accabler, mademoiselle… Je veux seulement vous faire comprendre que la réaction de votre patron était disproportionnée, pas du tout normale… » Ça ne cessait de l'intriguer. C'était bien étrange. La victime ne semblait pas avoir de problèmes de trésorerie. Rien ne laissait soupçonner un racket. Elle n'avait pas de vices. Elle n'avait pas de dettes. Mais bien sûr, les ennuis, ça vous tombe dessus sans crier gare. Aussi, ça l'amenait à me demander : « Avez-vous le souvenir, les jours précédant le meurtre, d'une situation délicate, d'un fait pénible, d'une altercation avec de vilains garçons, peut-être ?» L'idée du policier était que mon patron avait eu peur, mais de quoi ? Sans cela, il aurait passé l'éponge, il m'aurait gardée. Ça voulait dire qu'il pensait me protéger. Il avait été menacé, mais par qui ? Comme je ne voyais pas, il a grimacé. « C'est tout mon problème, personne n'a été témoin de quoi que ce soit… Ni les autres commerçants de la galerie, ni les agents de sécurité… Ce jour-là, avez-vous parlé de votre licenciement à quelqu'un ?» C'est venu spontanément. Il était naturel que j'en aie parlé à mon père. « Oui, bien sûr, votre père… » Il s'était entretenu avec lui. Mon père redoutait que je puisse faire des bêtises. « Il semble qu'il a bien de l'affection pour vous. »

Un ange est passé. Le policier pensait en avoir fini avec moi. Son collègue a fait craquer ses doigts. Je me sentais toujours un peu tendue. S'il n'y avait pas eu Sandrine dans son tonneau, j'aurais juste été bouleversée. « J'aimais beaucoup mon patron… » Le policier a souri, contournant son bureau. « En tout bien tout honneur, j'espère, mademoiselle… » Il a éclaté d'un faux rire. « Je vous raccompagne… » Sur le trottoir, il a allumé une cigarette. Le commissariat se trouvait sur le port. Le ciel était plus bleu par ici, et le décor plus rassurant. Rien ne laissait imaginer les usines par-delà les façades des immeubles. Dans le bassin, les bateaux amarrés aux pontons n'étaient pas monstrueux, se manœuvraient à la voile. Beaucoup de gens vivaient dans des appartements tout près d'ici, vivaient décemment. Pourrais-je m'habituer à vivre avec eux si je quittais la digue ? Ne me regarderaient-ils pas comme un phénomène, une personne à part, irrécupérable ? Mon étrangeté devait se lire dans mes gestes, sur mon visage. J'étais d'un autre monde, et comme une enfant sauvage, je ne pourrais jamais m'adapter à la civilisation. Je n'aurais pas dû avoir de telles pensées négatives. Après tout, je savais me comporter convenablement avec ces humains-là. À certains d'entre eux, j'avais même vendu du parfum. Ils ne m'avaient jamais considérée comme une bête curieuse. Si je voulais rebondir, je ne devais pas me mettre des trucs comme ça dans la tête, non. Le policier fumait calmement à côté de moi. « Ce n'est pas bien de fumer à l'intérieur, et c'est une absurdité de fumer à l'extérieur... » Il voulait me faire sourire mais je pensais à Bertrand. « Je peux vous demander comment... » Il m'a arrêtée d'un geste. « Vous pouvez... Mais je ne peux pas satisfaire cette curiosité... Alors bien sûr, vous imaginerez les choses, cela vous perturbera, mais jamais autant que si vous connaissiez la vérité... » Il a encore dit, avant que je ne marche vers la mobylette de mon père : « Vous êtes jeune... Ayez confiance... Ça serait sans doute mieux pour vous de venir vivre en ville... » Le policier avait lu en moi.

Quelques nuages faisaient comme des lignes de coton sale sur le ciel gris clair. Le sable volait par-dessus la digue. Mon père avait fait place nette. Il avait brûlé toutes les ordures qui traînaient autour de la caravane. Il ne restait plus que des petits bouts d'emballages en polystyrène. Au fil du temps, ils s'effritaient et se dispersaient comme des flocons de neige. C'était impossible de les faire tous disparaître. « Alors, ma chérie ? » Je revoyais mon père en train de *décortiquer* les journaux. Ce n'était pas qu'il voulait m'aider à trouver du boulot. D'ailleurs, il les avait brûlés aussi. Il les avait brûlés parce qu'il ne voulait pas que je tombe sur certains articles. Il savait pour Bertrand. Il le savait avant même que ce policier passe à la caravane. Il n'avait peut-être même pas eu besoin du journal pour le savoir ! J'avais parlé de mon licenciement à mon père, mais aussi à Gilles. Gilles m'avait fait la promesse de rester tranquille. Je me suis enfermée dans la caravane. J'ai claqué la porte à son nez. Qu'il mette ce comportement sur le compte du chagrin ou du soupçon, je n'en avais que faire. Pourtant, je devais être prudente. Je n'avais aucune preuve, seulement la conscience que mon père était capable de tout. Pourquoi pas de ce crime ? Son attitude avait tellement changé en quelques jours. Ça cachait quelque chose.

Un peu plus tard, mon père frappait à la porte. Comme je ne répondais pas, il est rentré sans faire de bruit, croyant sans doute que je dormais. Il a attrapé une bouteille de vin, deux verres et un paquet de bretzels. Je me suis demandé comment il ferait si je décidais de partir à la ville. Sur le point de ressortir, marmonnant, il a proposé que je le rejoigne, il avait déplié la table de camping, ça nous ferait du bien de nous détendre après toutes ces émotions. Je n'en étais pas si sûre mais j'ai pensé : Allons voir jusqu'où il va aller… Le vent ne dérangeait pas, il était bien orienté et apportait une bonne odeur de mer. Dans le bassin, il y avait un minéralier à quai. Sa silhouette semblait vaciller dans le nuage de poussière que les opérations de déchargement provoquaient. C'était bête à dire, mais de loin les choses ne paraissaient jamais aussi importantes qu'elles l'étaient en réalité. Mon père a rempli les verres de vin et nous nous sommes retrouvés un peu comme mari et femme à l'heure de l'apéritif, quand ça va bien. « C'est un malheur… Je ne savais pas comment te le dire… » Il a commencé ainsi à se justifier. Pensant sans doute que ça suffisait à l'excuser, il ne s'est plus arrêté. Il parlait des terribles conditions de vie auxquelles la crise condamnait les gens, déplorant la sale mentalité de notre époque, et les dérapages inévitables, car ça ne pouvait pas être autre chose, un dérapage, s'agissant de mon ex-patron. Il me soûlait. Je ne l'écoutais plus. Il me prenait pour une cruche. Le soir de mon licenciement, mon père avait passé la nuit dehors, il n'était rentré qu'au petit matin. Je ne me rappelais plus à quelle heure il avait quitté la caravane. J'étais peut-être encore au blockhaus avec Gilles. Gilles n'était pas pressé. Cela voulait dire que les ponts n'étaient pas encore relevés. Il ne se faisait jamais coincer. Son vieux l'aurait démoli s'il avait découché. Donc, lorsque j'étais revenue à la caravane, il était encore possible de franchir les écluses. Et maintenant, je me souvenais : mon père n'y était déjà plus ! Alors ça posait une question. Était-il resté toute la nuit sur la digue ? Car il pouvait très bien avoir traversé le pont et passé sa nuit ailleurs.

Plus mon père parlait et plus il semblait convaincu de ce qu'il racontait. Pire encore, il se comportait comme si ça ne me concernait plus vraiment. Il en était arrivé naturellement à être indifférent à ma tristesse. Son état d'esprit l'empêchait de la même manière de percevoir ma colère. Ce n'était pas une mauvaise chose. « Les gars qui ont commis ce crime, ça doit être de pauvres cloches. Je ne sais pas ce qu'ils ont fait à ton patron, mais ça ne doit pas être très propre. Ils mériteraient qu'on ressorte la guillotine... » Mon père me tenait par Sandrine. Mais que restait-il de Sandrine ? Quelques os dans un tonneau, ou éparpillés au fond du bassin. Ce n'était pas maintenant que mon père courrait le risque d'attirer l'attention sur nous. Le squelette de Sandrine n'était plus une réelle menace pour moi. J'ignorais si mon père avait conscience du danger. Que c'était moi qui pourrais bien le tenir. Et ce n'était pas le jeu de la barbichette. J'avais mieux qu'un vieux squelette au fond d'un bassin d'eau trouble. J'avais plus frais. J'avais désormais le moyen de me débarrasser de lui.

23

Le plaisir gâché

Louis

Le faucon devait se tenir perché sur le barreau d'une échelle à crinoline, sur une passerelle, probablement vers la plus haute tour de distillation. J'avais traversé la forêt et ça faisait déjà plus d'une heure que j'étais caché sur le talus. Si le faucon était là, s'il m'avait repéré, et il m'avait forcément repéré, j'espérais qu'il avait la mémoire courte. Les oiseaux vivaient sans doute dans l'instant. J'avais disparu de sa mémoire en même temps que je me coulais dans l'herbe. Plus rien ne le perturbait maintenant. Il n'y avait plus d'humain à la ronde. Le ciel était tout entier à lui. L'usine chuintait comme d'habitude. La mauvaise odeur était supportable. Le soleil faisait briller l'acier. J'aurais aimé qu'une bande de pigeons passe par là, je n'attendais pas autre chose, aussi, quand il ne s'en est présenté qu'un seul, j'ai failli ne pas le voir, et quand je l'ai remarqué, finalement, j'ai failli détourner le regard, car je le considérais comme une quantité négligeable. C'était une grossière erreur. Lui aussi commettait une erreur. Seul, un pigeon est plus vulnérable. Dans un groupe, ça peut toujours tomber sur un autre. On est toujours plus vulnérable, seul.

Ça a dépassé toutes mes espérances. La scène s'est déroulée pourtant d'une curieuse façon. Le pigeon traversait l'usine. Le faucon a jailli des tours et s'est élevé dans le ciel. Comme je l'avais déjà vu faire, au moment juste, il a replié les ailes et s'est laissé tomber en piqué. Mais son intention n'était pas de le tuer, en tout cas pas tout de suite. Le faucon n'était pas bête. D'immenses filets étaient tendus sur le terrain compris entre les unités de production et la clôture, cela pour empêcher toute intrusion. S'y écrasant avec sa proie, le faucon ne s'en serait pas dépêtré. Cette première attaque avait pour but de sortir le pigeon de l'enceinte. Surpris, l'oiseau a dévié de sa trajectoire. Il a semblé rebondir dans l'air comme une balle de flipper. Il n'avait pas perdu une plume et se croyait peut-être tiré d'affaire. Mais le faucon reprenait déjà de l'altitude. Ni l'un ni l'autre ne se rendaient compte qu'ils volaient maintenant vers moi. Subjugué, je ne le réalisais pas moi-même. Il a fallu que le rapace plie à nouveau les ailes et percute cette fois sa proie de plein fouet. Il s'est accroché à elle. Ils ont terminé la descente en vrille. Des plumes avaient volé et quand ils ont touché le sol, c'est du sable qui a jailli sous l'impact. Je me suis précipité. Je n'étais pourtant qu'à une vingtaine de mètres. Le faucon avait déjà commencé à arracher un bout de chair au cou du pigeon. Il était essoufflé. Il tirait sur le lambeau sanguinolent auquel étaient collées de petites plumes. Il s'est figé, me lançant un regard noir. Ça m'a coupé dans mon élan. Quelques secondes, je n'ai plus osé respirer. Il n'avait pas peur de moi. Il paraissait me défier même. Je m'étais comporté comme un idiot. Je me suis senti soudain déplacé. J'ai fait un pas en arrière, puis un second. Je l'avais rêvé, ça s'était réalisé, et je gâchais aussitôt le plaisir. Je m'en voulais. Je priais pour qu'il ne s'envole pas. Mais c'était sans doute mal le connaître. Les serres plantées dans la chair de sa proie, il m'a observé reculer piteusement jusqu'au talus. Je me suis rencogné dans le sable et il a fini d'arracher le lambeau. Tout en mangeant, il m'a gardé à l'œil.

Je m'étais rattrapé, je n'avais plus bougé un cil jusqu'à ce que le faucon en ait fini. Ensuite, j'avais fait un crochet par chez Jérôme, mais il n'était nulle part. Je ne pouvais pas garder ça pour moi. Maintenant, je pédalais sur la digue, malmené par un vent qui rabattait des tourbillons de sable vers les petites dunes, me piquait les mains et brouillait ma vue par la même occasion. La mer descendait. L'écume des vagues était moins blanche que les plumes de mon faucon, celles de son poitrail, qu'il n'avait même pas sali en mangeant ! J'étais si près ! Je voyais sa langue quand il entrouvrait le bec ! Dire que j'avais failli tout gâcher ! Gilles pouvait repasser avec ses phoques ! L'idée qu'il en voie ne me rendrait plus jaloux.

Quand on ne se gâche pas le plaisir tout seul, c'est la vie qui s'en occupe. Je me dirais ça bientôt. Je pédalais à m'en faire exploser les poumons, tête baissée, et ça a été moins une que je fonce dans l'attroupement. Je n'avais jamais vu autant de monde à cet endroit, et c'était là que Wilfried pêchait toujours. Un policier m'a fait signe de continuer mon chemin mais je me suis juste écarté, j'ai sauté de mon vélo et grimpé dans la dune. Un camion des pompiers et deux voitures de police stationnaient en désordre sur la pente. Les gyrophares tournaient sans bruit. Des pêcheurs avaient rappliqué et cherchaient à voir par-dessus les capots. Ils auraient mieux vu de là où j'étais. La mer finissait de découvrir la voiture de Wilfried. De l'eau s'écoulait encore par le bas des portières. Des algues restaient accrochées aux pare-chocs. Une ligne pourvue de plombs et un bout de canne s'y étaient entortillés aussi. Il était clair que tout le monde attendait que la voiture se vide complètement, et se trouvait mal à l'aise, comme autour d'un cercueil ouvert. La perspective désagréable, ce n'était pas de patauger dans l'eau qui entourait encore la voiture, mais le cadavre sur le siège. Les pêcheurs étaient tout retournés, et pour certains fâchés car il n'en faudrait pas plus pour appliquer les interdictions de circuler et pêcher sur la digue. Les pompiers et les flics, eux, se préparaient à agir.

J'étais triste d'une façon étrange. Je connaissais Wilfried, il était gentil avec moi, j'aimais les moments que nous passions ensemble, sa mort me peinait, mais il y avait le plaisir que me procurait encore le faucon. En fait, je ne parvenais pas à être vraiment triste, à cause de ce plaisir. Je le serais plus tard, sûrement. Wilfried me manquerait et puis le temps passerait, qu'est-ce qu'on y pouvait ? Pour l'instant, l'image de mon faucon fièrement dressé sur sa proie atténuait l'émotion de toutes les autres images.

Les hommes qui en étaient à s'occuper de Wilfried se comportaient avec un calme presque brutal. Un pompier a ouvert la portière et un policier a inspecté brièvement l'intérieur. Il aurait pu s'agir d'un meurtre. Wilfried aurait pu être ligoté ou simplement attaché au volant. Mais le policier a fait signe au pompier. Il était permis de sortir le corps. Un brancard était déjà prêt. Un autre policier fouillait maintenant la voiture. De toute évidence, l'odeur le rebutait et ça ne lui plaisait pas de se mouiller en touchant les sièges. Les hommes allaient et venaient. Des appels ont été passés. Des paroles ont été échangées. Jamais personne ne s'est énervé. Mais des pêcheurs se sont lassés, et ils n'étaient plus si nombreux quand le camion de pompiers est reparti avec Wilfried sanglé sur le brancard, encore moins quand la dépanneuse est apparue.

Moi, j'étais toujours sur ma dune. Maintenant, je me sentais coupable de ne pas être triste. J'ai baissé les yeux. Un scarabée courait entre mes pieds. Il était noir et pas plus grand que l'ongle de mon petit doigt. J'ai arraché un brin d'oyat et commencé à contrarier son avancée dans le sable. Il cherchait à contourner l'obstacle mais sa lutte était vaine. J'y ai fait des croche-pattes. Je l'ai forcé à la cabriole. Il glissait, se retrouvait sur le dos et ne pouvait se redresser qu'avec mon aide. Pas possible de savoir s'il ressentait quelque chose, si ça lui portait sur les nerfs ou même l'épuisait. Il repartait comme au combat, sans varier d'allure, comme un petit jouet mécanique, tellement entêté qu'à sa place je me serais senti stupide. Je n'avais pas de bocal ni de briquet, je ne pouvais que l'ensevelir, mais je ne l'ai pas fait. Je n'en ai pas eu le temps.

C'est sans aucun doute Mona qui a sauvé le scarabée. J'ai senti que du sable me coulait dans le dos. Elle était arrivée par-derrière. Elle avait escaladé la dune et c'était un hasard qu'elle me soit tombée pile poil dessus. J'ai relevé la tête et reconnu sa silhouette qui se découpait sur les fumées d'usine. « Qu'est-ce qui s'est passé ? » Le scarabée en a profité pour se carapater. Je l'ai cherché du regard. Il avait disparu. Parfois, les scarabées ont de la chance. Je me suis mis à mâchouiller le brin d'oyat. « Wilfried s'est noyé dans sa voiture… Il s'est peut-être endormi et la mer l'a piégé… » Le dépanneur finissait d'attacher la voiture à son camion. Mona s'est laissée glisser dans le sable à côté de moi. « Ça me ferait mal de me baigner dans une mer où un homme vient de se noyer… » J'ai haussé les épaules. Dans cette mer-là, il y avait eu des centaines de noyés. Leurs fantômes ne revenaient pas pour tirer les vivants par les pieds, et les miasmes avaient tôt fait de se diluer. Mais je pouvais comprendre, c'était mieux de ne pas le savoir. Cette mer, ça n'était pas autre chose qu'une grande baignoire. Des hommes se noyaient mais des tas d'animaux y crevaient aussi. Si on avait su exactement tout ce qui était sale dedans, on ne s'y serait jamais baigné, on n'y aurait même pas mis un doigt de pied.

La mer continuait à s'éloigner de la digue. Tout le temps qu'elle a reculé, nous sommes restés, silencieux, à regarder devant nous. C'était dans nos habitudes mais, aujourd'hui, il n'y avait pas grand monde dont on pouvait se moquer, et l'envie n'y était pas. Les derniers pêcheurs s'étaient dispersés. Il y avait trop de vent pour les baigneurs, et ça ne se bousculait jamais en semaine de toute façon. Des goélands marchaient sur le sable. Quand il y avait foule, ils se partageaient le terrain. Chaque serviette se retrouvait avec sa sentinelle, son goéland qui attendait qu'on lui lance un déchet, un trognon de pomme, un bout de gras ou je ne sais quoi. Un bateau était à l'approche. Il arrivait du grand large. Combien de temps pour qu'il soit dans l'écluse ? J'aurais dit vingt-cinq minutes. C'était bizarre mais je n'avais aucune envie de parler de mon faucon à Mona, qui a eu le tort de demander : « Tu as vu Gilles ? » Ça m'a contrarié. « Qu'est-ce que tu lui trouves à Gilles ? » Je devais être jaloux, pas seulement des phoques. « Quoi ? Tu penses qu'il se passe un truc ? » Elle a souri et c'était un drôle de sourire. J'aurais mieux fait de me taire. Ils me faisaient des cachotteries, mais ce n'était pas la peine qu'ils sachent que ça me blessait. Mona a continué : « Il t'a parlé de rien ? » La dernière fois que je l'avais vu, Gilles s'était payé ma tête, il m'avait pris pour un minus. « De toute façon, je ne crois pas qu'il aurait été capable de faire ça… » Je ne savais pas de quoi elle parlait. Mais c'était évident qu'elle essayait de se persuader de quelque chose, qu'elle était dans un raisonnement, et elle est arrivée à cette conclusion : « Ce n'est pas Gilles… Alors c'est mon père, ça ne peut être que lui… Louis… Je crois que mon père a tué un homme… »

Cette histoire-là aussi m'a affecté, et le plaisir que m'avait procuré le faucon était carrément gâché maintenant ! Quand je suis rentré, Michel m'a lancé à propos du navire qui sortait du sas : « Le *Am Quebec* ! Quatre-vingt mille tonnes ! Deux cent trente mètres ! Pavillon Îles Marshall ! Et tu sais où ça se trouve ? » Comme si la vie pouvait être normale après tout ça, après ce qui s'était passé sur la plage, après ce que Mona m'avait raconté. J'ai marmonné : « Très loin… » Ce qui devait suffire à montrer que ça ne tournait pas rond.

Je suis resté un moment dans ma chambre, jusqu'à ce que Michel m'appelle pour manger la soupe. « Qu'est-ce qui ne va pas ? » Michel serait toujours très gentil avec moi. Il était incapable de l'être, je pense, avec beaucoup de monde. Toute sa gentillesse était pour moi et je ne pouvais donc pas rester fermé comme une huître. Entre deux cuillers, j'ai dit : « Le pêcheur avec qui je passais du temps parfois s'est noyé, mais ce n'est pas seulement ça… » Sûr, le mauvais l'emporterait toujours sur le bien, et largement. Un beau faucon ne faisait pas le poids contre deux hommes morts. Michel a plissé les yeux, intrigué. « Qu'est-ce qui pourrait bien être plus grave ? » Je ne savais pas trop comment présenter les choses. « Si tu savais qu'un homme a commis un crime horrible, si horrible que la police refuserait de t'en parler, car autrement tu ferais des cauchemars… » Michel a posé sa cuiller et m'a fixé avec gravité. « Un homme que tu connais ? » J'ai secoué la tête. « Pas directement. Mais ça touche quelqu'un que j'aime bien… »

Le vent faisait trembler les vitres, grincer les cornières et siffler les haubans. Nous avons gardé le silence pendant la vaisselle. Puis Michel a passé une main dans mes cheveux : « Tu sais, Louis, il s'est réellement produit un crime horrible pas très loin d'ici… » J'étais suspendu à ses lèvres. Mais il n'était pas disposé à apporter des précisions. Qu'importe. Alors, qu'est-ce qu'il ferait ? « Tu appellerais la police ? » Il s'est servi un verre d'eau minérale, regardant dehors, et comme le jour baissait, c'était très beau à l'horizon, gris-mauve avec de petites traînées rouge sang. « Pas obligatoirement… Ça n'avance à rien parfois… Il y a eu une enquête pour ta mère et le coupable court toujours… » Je l'ai considéré sans comprendre. Il s'est mis à boire l'eau. « Tu resterais sans rien faire ? » Il a vidé le verre puis l'a reposé sur l'évier. « C'est pas ce que j'ai dit… Cet homme, il conviendrait malgré tout de le punir… »

24

Plutôt crever !

Cyril

Comment j'avais roulé ma fille chérie dans la farine ! Ma petite Mona ! Elle n'était décidément pas bonne à grand-chose ! Elle n'avait que ce qu'elle méritait. Qu'est-ce que j'allais bien pouvoir en faire ? Après tout, elle était majeure, de peu, mais majeure. À elle de se débrouiller ! Je ne serais pas toujours là. Elle verrait que ce n'était pas facile de mener sa vie. Il ne suffisait pas d'ouvrir la bouche pour que ça tombe tout cuit dedans. Ça ne coulait pas de source. Ça nécessitait des efforts, de la constance, de l'acharnement. Quand on prenait un coup, il fallait encaisser, et puis se relever ! On ne se mettait pas à gémir à la première rafale ! On affrontait les tempêtes la tête haute. Être adulte, ce n'était pas seulement avoir de belles miches et du poil sous les bras, ça voulait dire avoir du courage, être responsable en n'importe quelle circonstance, faire son devoir ! Pauvre Mona !

Maintenant que ce policier l'avait interrogée et que tout danger était écarté, je pouvais me détendre. C'était quand même un monde ! Il y avait des hommes dans ce pays qui pouvaient en faire souffrir d'autres, commettre le pire, et s'en sortir blancs comme neige. On aurait pu discuter longuement là-dessus. Qu'est-ce qui était pire ? Tuer un homme, un seul, un parmi la multitude, même d'une façon affreuse, ou bien fermer une usine et plonger du même coup dans le désarroi des centaines et même des milliers de pauvres gars ? Qui était le plus coupable ? Celui qui tuait ou celui qui licenciait ? Pour moi, c'était vite vu. Quant à la question de mourir, on y passe tous un jour. Mourir soulageait des souffrances. Le pire, c'était de se retrouver dans le désarroi. J'en savais quelque chose. Ce désarroi qui fait que les gens se pendent ou se noient.

Alors bien sûr, je pensais à mon pote Wilfried, qu'on avait découvert mort deux jours plus tôt. Sa bagnole était pleine d'eau, avec lui dedans, comme dans un aquarium. Seulement Wilfried, c'était pas un poisson. Quelle histoire ! Il m'avait obligé à prendre la mobylette pour aller acheter le journal au centre commercial. Pour un peu, je serais devenu jaloux. Il avait eu droit à beaucoup mieux qu'une case dans la rubrique nécrologique, carrément à un article dans les faits divers. « Mort d'un pêcheur en surfcasting ». C'était le titre, comme s'il était tombé au champ d'honneur, en pleine action. Non mais, je vous en foutrais ! Le journal revenait sur les dangers de pêcher sur la digue, où d'ailleurs toute présence humaine était interdite, en théorie. Il n'y avait pas l'ombre d'un doute : Wilfried s'était suicidé. Et avec qui maintenant je parlerais des pingouins qui en étaient ou pas ? Et de tout ce qui faisait que, ma foi, notre vie n'était pas si moche que ça ? Et ses enfants ! qu'allaient-ils devenir ? Je pensais à Wilfried et je me disais que la moindre des choses serait quand même que je présente mes condoléances à la famille.

Ça allait me coûter des sous en essence, à force. J'ai enfourché ma mobylette, et roulez détresse ! J'ai traversé la forêt d'acier avec un petit vent arrière qui me poussait un peu. Alors que le ciel était bleu comme c'était très rare, le vapocraqueur a dégazé. Par-dessus le chuintement habituel, s'est fait entendre un souffle de chalumeau, une respiration de dragon. Une cheminée a lâché un gros panache de fumée. Un calamar n'aurait pas craché une encre aussi noire. Le nuage s'est étiré sur l'azur. L'usine était toujours vivante. Personne n'allait s'en plaindre.

Wilfried m'avait raconté le dédale des rues, les arbres rachitiques, les maisons tristes et le terrain vague où jouaient ses mouflets. Avant de pénétrer dans la cité, il y avait un rond-point où couraient des garennes et, je ne sais pas pourquoi, ça m'a fait penser à mon vieux et aux taupes à la peau douce. Les lapins avaient tondu l'herbe mieux que des moutons. À mon passage, ils ont détalé, mais ne pouvant s'enfuir très loin, ils sont restés visibles à cause de leur queue blanche. J'ai garé ma mobylette et trouvé la maison. Wilfried m'avait dit que je ne pourrais pas la rater. Il y avait toujours un vieux caddie de supermarché dans l'allée et, surtout, un panier de basket fixé à la façade. C'était là que Tony s'entraînait des heures entières, tandis que Lance faisait des tours de rond-point à vélo et que Carl piquait des sprints dans le terrain vague. Leur mère les gardait à l'œil, avachie sur un tabouret. Son rêve à elle, m'avait dit Wilfried, c'était championne de natation, médaillée olympique et tout le toutim, et en attendant elle se contentait de baigner dans son jus.

Je me demandais maintenant si c'était une très bonne idée, mais j'ai remonté l'allée et sonné quand même. D'être là me rendait nerveux. Je me mangeais l'intérieur des joues. Je tripotais la lanière de mon casque. Au bout de quelques minutes, personne n'avait encore répondu et je suis retourné à ma mobylette. La cité était calme. Un merle chantait sur une cheminée. Ça m'en rappelait un autre. Les merles se moquent des hommes qui souffrent, qu'ils soient gais ou tristes, riches ou pauvres, sains d'esprit ou torturés, ouais, ces petits salopards continuent de chanter comme si de rien n'était. Je ne sais quelle envie me poussait à attendre. J'avais pourtant la conscience plus tranquille. Je m'étais tapé la route. C'est l'intention qui compte. La femme de Wilfried était sans doute occupée à préparer l'enterrement. Les gosses étaient à l'école. Si je me fiais à l'allure quelque peu délabrée de la maison, aux chêneaux pourris, à la peinture écaillée, mon Wilfried ne reposerait certainement pas dans un beau cercueil en chêne massif. Si ce n'était pas une misère ! Cela étant dit, je n'étais pas moi-même partisan de dépenser beaucoup d'argent pour les morts. Autant faire simple. C'est au-dessus que ça se passe. C'est pas sous terre qu'on a besoin. Wilfried, à mon avis, il aurait préféré qu'on le brûle et disperse ses cendres à la mer. Mais chacun fait ce qu'il veut.

Comme j'ai bien fait de m'éloigner ! Ils ont fini par apparaître au bout de la rue. La veuve en tête, plutôt potelée, et les minots à la traîne, vêtus du même survêtement. Wilfried m'avait glissé un jour qu'à eux trois, ils n'étaient pas plus dégourdis qu'une pieuvre. Le tableau ! Et dire que l'idée d'en profiter pour prendre la place m'avait effleuré. Car ça aurait été l'occasion de rompre avec ma vie d'indigent au bord du bassin. Nous aurions fait connaissance, la veuve et moi. Je serais venu à l'enterrement et ensuite, de temps en temps, j'aurais proposé mes services. Tiens, les chêneaux étaient à retaper, les châssis à gratter, les volets à rafraîchir. Ma pauvre dame ! Je me serais rendu indispensable. J'aurais même été bien gentil avec le voisinage. Le gars en or, quoi ! Dans ces cas-là, les femmes savent être reconnaissantes. Un beau jour, la veuve se serait offerte tout entière. On ne se serait pas gênés, rapport à la bagatelle. Et puis Mona, le soir, aurait aidé les mouflets pour les devoirs. De là-haut, je suis sûr, Wilfried aurait trouvé ça bien. Ouais, mais voilà, mère et enfants approchaient sur le trottoir, et plus ils approchaient et moins je voyais les gosses car la veuve se posait là, question largeur. Tout entière, ça faisait comme qui dirait une masse.

Ah ! non ! plutôt crever ! Bon Dieu ! je comprenais que Wilfried ait eu envie d'en finir. Tout à la douleur, heureusement, ils ne m'ont pas remarqué. L'air de rien, je me suis penché comme si j'avais un problème avec ma mobylette. J'ai tapé dans ma roue avant en grognant : « Merde, il y a toujours un truc qui cloche… Ça ne peut jamais être le Paradis sur la Terre. »

Je n'aurais pas dû venir. Tout ça m'avait mis le moral dans les chaussettes. Mais je ne voulais pas avoir de regrets. Il ne faut jamais en avoir. J'avais repris la route des usines et c'était plus long car le vent était maintenant contre moi. Essayez de faire un peu de bien autour de vous, et ça sera surtout des complications ! Malgré tout, j'étais soulagé d'un poids. Mais il m'en fallait plus pour être heureux. Je n'avais pas réglé tous les problèmes. Je me refusais à gamberger, et pourtant ! Le flic n'était plus une menace mais il y avait toujours ce morveux qui savait et je me demandais bien quoi ! Wilfried m'avait appris qu'il s'appelait Gilles. Et Gilles, si on estimait plutôt faible la probabilité qu'il y ait plus d'un morveux armé d'une carabine sur le no man's land, en était, à cinquante mètres devant moi, à pédaler contre le vent. Si ce n'était pas une chance, l'occasion de tirer certaines choses au clair…

J'ai mis les gaz. Je pensais pouvoir le rattraper avant la petite écluse. Je me voyais déjà en train de le doubler. Au passage, je l'aurais accroché et poussé sur le bas-côté. Au choix, je l'aurais alors bourré de coups ou étranglé. Ça, dans le meilleur des cas. Il ne savait pas de quoi j'étais capable. Mais on n'est pas toujours aidé par la mécanique. Je n'arrivais pas à combler la distance. Nous étions maintenant sur la route qui longeait le vapocraqueur. Nous avons croisé un camion citerne. Le morveux zigzaguait sur la chaussée. Il ne m'entendait pas ou s'en fichait. Il faut dire que l'usine n'avait pas fini sa purge, et il y avait le vent qui forcissait à l'approche de la mer. Je ne me serais peut-être pas entendu péter. Nous approchions de l'écluse. Le ciel avait une couleur de fin du monde. J'avais repris vingt mètres à tout casser. J'écumais de colère. Il ne faut pas asticoter le fauve dans sa cage. Mon moteur chauffait à me brûler le mollet. Je repensais à mon vieux, qui me faisait suer sur ma selle de vélo. J'aurais pu croire que ça serait un jour mon tour d'être devant sur une mobylette. Je ne perdais pas espoir mais, soudain, mon pneu avant a éclaté.

Je roulais trop vite pour ne pas me blesser. Ça a fait trop de boucan pour qu'il n'entende rien. Et il a continué son chemin en bon petit morveux qu'il était. Je pouvais bien crever ! Ma colère s'est transformée en rage. Dans une sorte de brouillard gazeux, je l'ai vu basculer de l'autre côté de l'écluse, puis réapparaître au bord du canal. Ma mobylette n'avait pas fini de voltiger, sans moi dessus évidemment. Elle est partie dans le décor, dessinant comme un soleil tournoyant, arrachant de l'herbe, faisant gicler du sable. J'étais toujours vautré sur la chaussée. Je m'étais râpé la gueule sur le bitume. Mon menton dégoulinait de sang. Le morveux ne pouvait pas aller bien loin. Il s'était engagé dans un cul-de-sac. Après la maison de Jérôme, ce n'était plus que des dunes. Il n'allait pas s'y promener à bicyclette. Un camion m'a évité à vive allure. Je me suis remis sur mes pieds. Mes mains étaient à vif. De la peau manquait sur mes doigts. À part ça, je n'étais pas trop abîmé. J'ai commencé à remonter la route. Marcher calme la douleur.

25

Les caresses ne protègent pas

Gilles

J'ai caché mon vélo dans les dunes et continué à pied. Le terrain était dégagé mais ça chauffait du côté des blockhaus. Jérôme tirait sur des bouteilles vides, ou bien c'était la guerre. J'entendais des avions vers le sud. Au bruit des moteurs, c'était sans aucun doute un balai aérien de Messerschmitt et de Spitfire. Nous n'en finirions donc jamais ? Je n'étais pas mécontent d'être pour l'instant loin de la castagne, mais je progressais prudemment, comme toujours dans la zone. Mieux valait être sur ses gardes, avoir un œil devant et un autre derrière. Surtout que j'étais préoccupé. Ce n'est jamais bon, d'avoir dans la tête de ces choses qui trottent. Ça pouvait distraire au moment crucial.

Avec mon père, ça allait mieux, et je trouvais que c'était inquiétant. Ce matin, il s'était levé avant moi. Quand j'étais sorti de la salle de bains, ma mère m'avait prévenu qu'il voulait me parler. Il ne peut plus s'arrêter, ai-je pensé, encore endormi. La situation n'était pas en soi angoissante. Il ne cognait pas dès le matin. Il pouvait hurler, à réveiller tout le quartier, mais ne cognait jamais. L'école était le bon prétexte pour me presser. « Je suis en retard, papa... » Mais il ne fallait pas le croire né de la dernière pluie. « Tu as le temps... » Il s'est ensuite tourné vers ma mère. « Tu veux bien nous laisser, maman ? » Et quand elle a été partie, il a eu un sourire. « Ta mère fait du très bon café... Tu en reprends ? » Il s'est levé et m'a servi, et je n'en croyais pas mes yeux, car c'est moi qui d'habitude devais me lever pour une chose ou une autre, aller chercher du vin à la cave ou du beurre au frigo, et sans même un merci, et que ça saute. Il y avait vraiment quelque chose qui ne tournait pas dans le bon sens.

Alors que le jour continuait à se lever, je me disais que ça devait être tout le temps comme ça, entre un père et un fils, dans une vie normale. Je pensais que si un jour j'avais des gosses, je veillerais à ce que ça ne soit pas autrement. Ce n'était quand même pas pour leur faire du mal qu'on mettait des enfants au monde. Et puis, on devait souffrir de faire souffrir ! Et des fois, on ressentait sûrement de la honte, et cette honte virait à la colère, contre soi puis contre les autres, et c'était alors le plus faible qui dégustait, toujours, et de nouveau il y avait de la honte, et ça recommençait, sans fin. C'était un processus que j'avais assimilé. Je comprenais que pour mon père ça ne puisse plus s'arrêter. Et soudain, son attitude changeait du tout au tout. J'étais désorienté. Un homme ne pouvait pas s'améliorer de cette façon.

Mon père a bu son café en me regardant par-dessus son bol. J'essayais de paraître naturel, mais à la vérité je ne savais pas comment m'y prendre. « Tu n'as rien à dire ? » J'ai eu un petit mouvement d'épaules. « Ben... je vais bientôt partir pour l'école... » Il a donné l'impression d'être content. « C'est bien... Si seulement j'avais mieux appris... » Ce n'était pas la peine qu'il termine sa phrase. S'il avait mieux appris, il aurait eu un travail moins pénible, il ne se serait pas gâté l'esprit avec des tuyaux trop courts. Mais on avait encore besoin d'ouvriers, pas vrai ?

S'il le croyait… Moi, je n'en étais pas si sûr. Et pourtant ça me pendait au nez d'en devenir un. À moins que je me reprenne, que je redresse la barre ! « Je ne sais pas, il a dit au bout d'un moment, si ça sert à grand-chose que je sois si sévère avec toi… Ça sera plus tranquille désormais… » C'était comme si j'avais toujours eu deux mains serrées très fort autour de mon cou, et que subitement elles me relâchaient. Le sang a commencé à circuler normalement dans mes veines, jusqu'au vertige.

Ma mère m'a rattrapé dans le couloir alors que j'étais sur le point de sortir. Elle était inquiète. « Alors ? » a-t-elle demandé d'une voix faible. Si je lui disais de quoi il retournait, elle estimerait sans doute qu'elle avait eu bien raison de ne jamais prendre mon parti, de laisser passer tous les orages, de faire le dos rond sous le tonnerre. Encore aurait-il fallu que j'y croie complètement… Je ne voulais pas qu'elle me suive dans la rue et me voie récupérer ma carabine derrière les buissons. J'avais une autre cachette, ailleurs. Ce matin, j'irais bien à l'école, mais ensuite je serais à la chasse. « Maman, ai-je fait avec une certaine tristesse, je ne sais pas ce qui se passe, mais papa n'est pas comme d'habitude… »

Ça bastonnait toujours au sud. Mais je ne me sentais pas en danger. Sans doute suis-je devenu moins prudent. Même en zone de combat, il y a des moments où on baisse d'attention. L'esprit ne peut pas subir la pression en permanence. Le corps aussi doit se reposer. Ce sont des moments critiques. N'importe quel soldat qui a un peu d'expérience sait ça. Et c'est là que l'on meurt si l'on doit mourir. Il n'y aura pas de miracle. Et c'est tant pis pour soi. Il y aura bientôt un autre gars pour prendre la place, pas plus méritant, mais qui restera en vie s'il a de la chance. Quelle chierie, la guerre…

J'aurais pu remonter le canal par les dunes blanches, mais j'ai choisi de rester au bord. Ça me faisait deux kilomètres de terrain à découvert, qui heureusement perdait peu à peu en largeur, jusqu'à finir en pointe. Quand je serais tout au bout du canal, je pourrais éventuellement me rabattre dans les dunes, en moins de temps qu'il ne faut pour le dire. J'aurais alors à ma droite le grand chantier méthanier et en face la centrale nucléaire, de l'autre côté de la rade.

Si j'avais pris par les dunes, les choses auraient tourné autrement, c'est sûr. Il me restait à parcourir un quart de la distance. Les bords du canal étaient faits de cubes de béton luisants d'algues. Ça m'arrivait d'y voir des tournepierres. Ils picoraient à longueur de temps, d'un bout à l'autre. Ce n'étaient pas des limicoles très farouches. Mais je n'en avais jamais tué car ils m'amusaient beaucoup. À cause du nom qu'ils portaient, je leur prêtais l'envie de vouloir surtout retourner ces gros cubes. Ils n'étaient pas de taille, comme les fourmis au pied de la montagne, mais ils s'obstinaient malgré tout. Dans le coin, l'hiver, je piégeais à la glu des oiseaux plus comestibles. Je me souvenais d'un jour glacial où ça avait été comme un nuage qui m'avait enveloppé, une nuée de bruants des neiges.

Même si je l'avais espéré souvent, je n'imaginais pas tomber sur un phoque à cet endroit-là. Ce n'est pas bon d'espérer. Sans espoir, on est toujours mieux servi, et il n'y a pas de risque d'être déçu puisqu'on n'attend rien. D'ailleurs, c'était toujours autrement que les choses se passaient, comme quand j'avais vu les trois phoques sur la plage près de la centrale. Marchant au bord du canal, je pensais encore à mon père. À sa manière, il m'avait dit qu'il m'aimait. Il avait fait un grand pas vers moi et comment je réagissais ? Je séchais encore l'école ! Oui, peut-être, mais il fallait que je me fasse à cette idée. C'était très curieux de ne plus sentir qu'une main pouvait s'abattre à tout instant sur soi. J'avais fini par me persuader que c'était un atout en zone de combat. Le capitaine m'avait complimenté. Il m'avait dit que j'étais un bon soldat, à la vérité. Ça me perturbait. J'étais caramel. Et c'était à ce moment-là que je me prenais une balle dans la peau. Les caresses ne protègent pas. J'étais moins concentré. Je traînais les pieds. Je n'étais déjà plus du tout à mon affaire et, soudain, j'ai remarqué le phoque qui nageait dans l'eau verte.

Lui aussi m'avait vu, et depuis plus longtemps, et pourtant il ne fuyait pas. Il était la tête hors de l'eau à m'observer avec curiosité, paraissant flotter comme un bouchon au bout d'une ligne. Ça ne l'a pas dérangé de voir que je me couchais et pointais mon arme sur lui. Je ne pouvais pas le manquer à cette distance. Je tenais enfin mon phoque. Mais il continuait à me zieuter. Ses moustaches ressemblaient à celles d'un gros chat. Ses grands yeux couleur charbon étaient comme éclairés par une sorte de mélancolie joyeuse. Des hommes m'avaient regardé avec moins d'humanité. Il avait une bonne tête. Il me prenait pour un copain. Je n'allais tout de même pas tirer sur un copain… Merde, mais pourquoi donc tuerais-je ce phoque ?

J'ai alors entendu du bruit. Le phoque a réagi le premier. Sa tête a disparu sous l'eau. Quelqu'un me fonçait dessus. J'ai tourné sur moi-même avec mon fusil. J'étais dans la pire des positions, empêtré, vulnérable. L'ennemi était là ! Quelques mètres nous séparaient encore. Il était seul. Il portait un casque. À cause du contre-jour, je ne voyais pas son visage. Il a fallu qu'il s'approche encore. C'était le père de Mona. Il était terrifiant, couvert de plaies à vif, comme s'il avait échappé de peu à l'explosion d'une mine. J'ai bredouillé : « Je ne vous ai rien fait, monsieur… » Et il m'a arraché la carabine des mains. Je n'avais pas pensé une seconde à m'en servir. Il a reculé de quelques pas et vérifié qu'elle était chargée. Puis il a eu un drôle de rire. « Je me suis viandé en mobylette à cause de toi… On peut dire que tu m'as donné du fil à retordre… »

Quelques secondes, il n'y a plus eu que le souffle du vent et, vers le vapocraqueur, de l'autre côté du canal, le chant d'une alouette qui s'élevait dans le ciel. Le père de Mona dirigeait ma carabine sur moi. Je me traitais d'imbécile. Je m'étais fait avoir comme un bleu. « Alors maintenant, morveux, tu vas me dire ce que tu sais… » J'ai commencé par prétendre que je ne savais rien, et c'était une erreur. Déjà effrayant, son visage s'est encore durci. « Tu serais venu me pourrir la vie sans raison ? T'es pas un peu siphonné, morveux ? » Il a fait mine de me tirer dessus et j'ai lancé alors, comme une grenade : « Mona m'a dit que vous abusez d'elle… » Il a baissé la carabine. Il a tourné légèrement la tête. Ce n'était pas qu'il était stupéfait mais il n'avait pas l'air de bien saisir. J'aurais dû en profiter pour me sauver. « Attends… Tu m'accuses de coucher avec ma fille… Tu me crois capable d'un acte aussi ignoble ? »

C'était trop tard. L'alouette chantait toujours. Le père de Mona était capable de tout. « Debout ! » Un ordre comme un coup de ceinture. Il m'a fait signe de marcher vers les dunes blanches. Nous les avons traversées jusqu'à la limite des dunes noires. Il restait derrière moi, un peu en hauteur, de façon à me dominer, à m'empêcher de lui sauter dessus. Au bout d'un moment, il a dû estimer que nous nous étions suffisamment éloignés du canal. « Ici, on sera bien… Personne ne nous verra… » Il s'est assis un peu plus haut sur la dune et m'a scruté longuement. Il portait toujours son casque. Un sourire malsain barrait son visage ravagé. Du temps a passé puis il a dit : « Déshabille-toi, petit… » Ça n'allait pas, non ? Il n'était pas un peu malade ? Il l'était, et pas qu'un peu. Il me visait à la tête. Je connaissais ma carabine. Il ne pouvait pas me rater. Comme je restais malgré tout sans faire un geste, il a gueulé, et il ne le répéterait pas deux fois : « Tu vas t'exécuter gentiment. Que ça me fasse une petite distraction… À POIL ! »

26

Mon Dieu…

Jérôme

Ce soir-là, je me sentais plutôt heureux de mon sort, moins tourmenté, plus calme. C'était bien que j'aie pu revoir Michel sans animosité, et que désormais les choses dépendent seulement de notre volonté. Christelle et Sylvie mortes, nous n'avions plus d'excuses. On ne comblerait pas le manque. On ne rattraperait pas dix années d'indifférence, mais si celles qui s'annonçaient étaient d'une meilleure qualité, ça m'irait, j'oublierais le gâchis.

Toute la matinée, j'avais parcouru le rivage à la recherche de bois. Des planches et des billes tombaient souvent des bateaux. Je trouvais aussi des branches que l'eau salée avait décapées et blanchies. Je faisais de drôles de fagots que je liais avec une corde de nylon et traînais comme un forçat. Sur la plage, je laissais des traces profondes comme des sillons. Devant la maison, il y avait maintenant un amas conséquent. J'aurais de quoi chauffer pendant de longues semaines. À midi, j'avais mangé de peu, puis j'étais reparti, cette fois pour chasser le garenne. J'avais traîné un moment dans la dune noire. J'avais aperçu le faucon de Louis. Faute de lapins, que je savais pourtant très nombreux sous les argousiers, j'avais tiré sur des bouteilles. Quand ce jeu avait cessé de m'amuser, je m'étais remis à mon crépi.

Le crépi était encore humide à la nuit tombée, certaines parties plus que d'autres car je n'avais pas eu à refaire tout le mur. J'avais travaillé machinalement, sans croire à l'utilité de ma tâche. J'étais sûr d'une chose, ça serait bientôt à recommencer, et je recommencerais, c'était ça le plus grave. D'habitude, j'aurais nettoyé mes outils puis je serais allé me coucher. Mais ça ne cessait de m'intriguer et j'ai agi autrement. Muni d'une lampe, assis sur mon seau, j'ai attendu. Tapi dans l'obscurité, je tendais l'oreille. De temps en temps, j'éclairais le mur. Il ne s'est rien passé pendant un long moment, et puis un escargot a montré ses cornes, et un deuxième. J'ai éteint ma lampe et quand je l'ai rallumée, ils étaient plus nombreux. Je ne pouvais déjà plus les compter. Mais d'où sortaient-ils donc ? Du haut, du bas, des touffes d'herbe, d'un peu partout. Des escargots ! Ils allaient tous dans la même direction, comme on va à la soupe. La lumière ne les gênait aucunement. Ils avaient faim. Ils bouffaient mon crépi ! J'allais en rire quand soudain j'ai entendu du bruit plus bas, à l'angle de la maison.

Je ne crois pas en Dieu. Nous ne vivons pas dans un endroit où nous pouvons y croire, ou alors ça serait surtout faiblesse de notre part. Mais quand Gilles est apparu, j'ai juré entre mes dents : « Mon Dieu... » Le faisceau de ma torche l'a épinglé comme un animal qui se serait à peine relevé d'un choc avec une voiture. Il n'a même pas mis la main devant ses yeux. Il était nu et ne protégeait pas non plus ses parties intimes. « Mon Dieu... » J'ai retiré ma perruque comme on se découvre devant un mort. Gilles était sale. Ses jambes étaient marquées par des traînées sombres, et comme le sable ne salit pas de cette manière, j'ai compris que c'était du sang.

Gilles m'a rappelé un jeune hibou tombé de son nid dans les argousiers. Je l'aurais bien serré dans mes bras et porté dans la maison, mais quand je me suis avancé vers lui, il a pris peur et ouvert grand la bouche comme pour hurler. Il est resté muet mais j'ai perçu sa douleur. Il me faisait pourtant confiance. Sinon il ne serait pas venu jusque-là. « Ça va aller, petit, ai-je dit doucement, je vais te soigner… » Ces paroles simples ont semblé l'apaiser. J'avais baissé ma lampe. Il se tenait toujours immobile et je ne voyais plus que sa silhouette, j'étais moins gêné par sa nudité. Je ne voulais pas que ma voix trahisse ma peine et surtout ma colère. J'ai parlé des escargots qui se gobergeaient de mon crépi, puis Gilles, marchant comme un automate, m'a suivi à l'intérieur.

J'essayais de me comporter normalement. J'aurais dû l'emmener voir un médecin mais il n'en existait pas à moins de dix kilomètres. De toute façon, les ponts avaient été levés pour la nuit. Gilles était mal en point, du sang avait bien coulé sur ses cuisses, et je lui proposerais plus tard de se laver, c'était tout ce que je pouvais envisager pour l'instant. Combien de temps avait-il erré dans les dunes ? Je l'ignorais. Mais Gilles y avait croisé le chemin d'un monstre. Si c'était arrivé dans les toutes dernières heures, le monstre se retrouvait maintenant, comme nous, coincé de ce côté du vilain monde. J'ai replié le paravent et Gilles s'est blotti sous les couvertures. Il a semblé s'endormir aussitôt. J'ai relancé le poêle et préparé du café.

Je suis resté longtemps assis sur une chaise à le regarder dormir. Son sommeil était agité. Il suait et parfois parlait. Quand il se serait lavé, il mettrait des vêtements à moi. Il flotterait dedans, mais il pourrait alors rentrer. Son vélo était sûrement quelque part dans les dunes. Jamais personne n'avait passé la nuit avec moi dans cette maison, en dehors de ma mère bien sûr. Christelle aurait pu prendre sa place, si elle avait été plus sage. J'étais rassuré de voir Gilles dormir, même s'il délirait. Cela voulait peut-être dire que les blessures n'étaient pas aussi profondes que je l'avais craint. Ma mère était morte dans ce lit. Je l'avais veillée de cette même façon. Et après, j'avais dû me faire à son absence. Je n'avais pas pris tout de suite le lit pour moi. J'avais pensé le brûler, mais il était tellement confortable. Quelques semaines avaient passé. Ma mère était dans son cercueil. De quoi aurais-je dû avoir peur ?

Gilles bougeait la tête et gémissait des mots, jamais des phrases complètes. Ainsi il a dit : « Mon père… » Et j'ai cru avoir mal entendu. Je me suis penché, demandant : « C'est ton père qui t'a fait ça ? » Toujours en proie au délire, après quelques minutes, il me donnait une réponse : « Les ponts… levés maintenant… Me démolir… » Ça m'a soulagé d'en déduire que son père n'était pas coupable de ce qu'il venait de subir. Mais Gilles avait raison, il y aurait des complications. On verrait plus tard. Une chose à la fois. Je me suis risqué à éponger son front. Il est resté relativement calme. « Le phoque… » Et ça a continué comme ça un petit moment, jusqu'à ce que je me penche de nouveau, les cheveux de ma perruque presque à toucher son visage, je devais savoir : « Dis-moi qui t'a fait souffrir, Gilles. »

Un peu plus tard, je me suis assoupi. Au petit jour, j'ai découvert Gilles redressé dans le lit, mais seulement avec la tête qui dépassait des couvertures. Tout le temps que nous avons parlé, il est resté à regarder sur le côté. « Qu'est-ce que tu veux qu'on fasse, Gilles ? » Je ne voulais pas qu'il ressente de la gêne et je me suis levé pour m'occuper d'une chose et d'une autre, attendant sa réponse. « Je vais rentrer et mon vieux va me mettre une dérouillée… » Il en passerait sans doute par là mais ce ne serait pas le plus terrible des sévices qu'il aurait eu à supporter. J'ai préparé une bassine d'eau et une serviette que j'ai posées sur la table. Sur une chaise, l'attendaient déjà des vêtements que je n'avais pas mis depuis longtemps et qui me serraient, si je me souvenais bien. « Je vais sortir. Comme ça, tu seras tranquille pour te préparer… Après, on boira le café… Ton biclou est quelque part dans les dunes, j'imagine… Tu vas me le laisser… Je vais te conduire à l'arrêt de bus… Ne dis pas la vérité à tes parents… »

Le ciel m'a semblé si bleu que j'ai cru que le monde, dans la nuit, avait changé. Ça existait pourtant, même sur ce rivage industrialisé, une certaine normalité. J'ai pissé sur mon tas de bois, pensant au père de Mona. Je n'avais jamais pu le blairer. Ça arrivait qu'on se croise dans le temps. On était pour ainsi dire voisins de travail. Il bossait à la raffinerie et quand elle avait fermé, ça avait été le bon prétexte pour se laisser vivre et geindre tout son soûl. Il était venu garer sa caravane au bord du bassin et, pour se rendre l'existence plus pénible encore, il avait ensuite revendu sa voiture. Un beau jour, il s'était pointé à la maison et m'avait pris la tête avec l'eau. J'avais un robinet dehors. Cyril avait posé ses jerricans dans le sable. Ça serait une fois, pas plus, oh ! mais j'étais peut-être le gars gentil, et il pourrait venir plus souvent, une ou deux fois par semaine, qu'est-ce que j'en pensais ? Ça ne m'avait pas plu, sa manière d'avancer ses pions. C'était plus à cause de son attitude que j'avais dit non que du fait que ça avait coûté beaucoup d'argent à mes parents de faire venir l'eau douce jusqu'ici. Il ne voulait tout de même pas avoir mon eau pour pas un rond ? Il avait alors rigolé, se saisissant de ses bidons vides. « Je t'imaginais moins mesquin… Tu peux la garder, ta flotte. Moi, j'ai Mona, et c'est mieux qu'un robinet tout rouillé. Elle ira nous chercher de l'eau en ville… Que je crève si je reviens là-dessus. À ta place, j'aurais honte. »

Quand je suis rentré, Gilles s'était habillé et avait même chauffé de l'eau pour le café. Ce garçon n'avait pas grandi dans le coton. Il avait du ressort. Il reprendrait vite du poil de la bête. Mais il était toujours pieds nus et je me suis traité d'idiot, il n'allait pas repartir comme ça. Je lui ai donc aussi donné des chaussettes et une vieille paire de baskets. Nous avons bu le café en silence. Je voulais que ce soit lui qui décide du départ. J'avais tout mon temps. Ce n'était pas souhaitable que je me montre horrifié ou compatissant, manières d'être qui l'auraient renvoyé immédiatement au terrible moment qu'il avait vécu. Le mieux, c'était de se comporter comme d'ordinaire. Tandis qu'il finissait son bol de café, j'ai pris mon fusil que j'ai nettoyé puis rechargé.

Le pont de la petite écluse était baissé. Ni lui ni moi n'avons regardé en direction de la caravane. Nous sommes partis à la recherche de son vélo dans les dunes blanches. Nous l'avons retrouvé très vite. J'ai réglé la selle à ma hauteur puis j'ai accompagné Gilles à l'arrêt de bus. Je lui ai mis une pièce dans la main pour le ticket. C'était impossible de savoir ce qui lui trottait dans la tête, s'il avait peur ou quoi. Nous avons attendu quelques minutes. Quand, enfin, le bus est arrivé, j'ai retiré ma perruque. Les passagers nous ont scrutés quand même. Le chauffeur a remarqué le fusil que je portais en bandoulière. Avant que Gilles ne grimpe sur le marchepied, j'ai dit : « Moi aussi, je peux être méchant… » Et parfois, ai-je pensé, car je ne pouvais pas le lui dire tout haut, il risquerait de mal l'interpréter, oui, parfois, être méchant c'est être juste.

27

La justice des hommes

Michel

Le *Cape Lotus* sortait du sas. Ce minéralier battait pavillon United Kingdom. Cent soixante-dix mille tonnes pour deux cent quatre-vingt-neuf mètres de long. Quand il serait amarré au quai de l'usine, les remorqueurs donneraient de la corne puis remonteraient le bassin jusqu'à leur darse, dans le vieux port. Sur mon planning, le prochain bateau était annoncé dans six heures. Ça me laissait du temps pour me ronger les sangs. Je n'arrivais plus à me sortir de la tête les images que les révélations de Martin avaient produites. Martin, flic repentant. Laurence marchait sur la digue et soudain un homme l'accostait puis la traînait dans les dunes. Personne ne pouvait l'entendre crier et elle se retrouvait plaquée sur le sable. Laurence, ma sœur, la mère de Louis. Il y avait ces images et le refus d'accepter le fait que, après l'agression, elle n'était pas revenue vers moi. Je ne cesserais de le regretter et m'en voulais plus encore. Les cales du *Cape Lotus* étaient maintenant ouvertes et je sentais la colère grandir en moi. Louis, lui, sans doute encore perturbé par la noyade de son copain pêcheur, n'était pas allé à l'école. Il m'avait parlé aussi de Mona et de son père. Elle le croyait coupable d'un horrible crime. Ce qui me ramenait au flic repentant et à d'autres de ses confidences. Lui aussi m'avait parlé d'un meurtre épouvantable. Ça serait une sacrée coïncidence… Ma tête à couper que la victime était la même. Il s'agissait du même crime, mais ils avaient été deux à le commettre. Deux coupables. *La combinaison funeste. Le duo malsain.*

Louis avait prétexté un mal au ventre. Il n'était pas sorti de sa chambre depuis le petit déjeuner. Je me demandais comment il réagirait, découvrant Jérôme assis avec moi à la table de cuisine. Vingt minutes avaient passé. Nous discutions tout bas. Jérôme avait frappé à la porte peu après le départ des remorqueurs. Il était venu à vélo. Ses longues mèches synthétiques balayaient son visage. Il portait son fusil à l'épaule, canon vers le sol. Il avait retiré sa perruque pour la secouer, beaucoup de sable en était tombé, puis il l'avait remise tranquillement et nous avions grimpé l'escalier.

J'ai préparé du café mais il a préféré, malgré l'heure matinale, que je lui serve un verre de vin. Il m'a demandé si Louis était très malade et je l'ai rassuré. « Ça passera… Certaines choses le tourmentent. » Nous étions là selon une vieille habitude que nous avions malheureusement perdue. J'ignorais s'il était au courant, mais Sylvie venait de mourir, son compagnon me l'avait appris. Il a hoché la tête, demandant : « Tu vas mettre combien pour les fleurs ? » Je ne savais pas encore. Et lui ? Il a réfléchi quelques secondes. Il ferait comme moi. Il pensait que nous pourrions tout de même commander un joli bouquet. Nous étions à discuter selon la vieille habitude et comme s'il n'y avait rien d'anormal au fait qu'il déboule ainsi à l'improviste.

Ensuite, Jérôme est demeuré silencieux un moment. Il a vidé son verre puis l'a gardé contre son ventre, le faisant tourner entre ses doigts. Quand il en aurait fini de faire tourner son verre, il me dirait ce qui l'amenait. Ça ne m'a pas gêné d'attendre. « J'ai besoin de toi, Michel… » Je me suis levé pour débarrasser. « Tu veux qu'on prenne ma voiture ? » Il a secoué la tête. « Nous serions plus discrets à vélo… » Il n'était pas nécessaire qu'il m'en dise plus. Il ne serait pas venu sans une très bonne raison. J'étais son homme. Mais il a continué : « Un gars sur la digue mérite une punition… » Le plus calmement du monde, j'ai donné alors un coup d'éponge sur la table et attrapé ma veste. « Ça tombe bien, je peux prendre le vélo de Louis aujourd'hui… Louis m'a parlé d'une copine, Mona, et de son père… Il ne s'agirait pas de lui par hasard ? »

Le vent empêchait de pédaler trop vite. Il soufflait de la mer, de côté, et faisait voler le sable au ras du bitume. Je suis resté derrière Jérôme tout le long des sept kilomètres, l'échine courbée, le cœur battant à rompre. Il avait le dos large et me protégeait un peu. Je n'étais plus habitué à l'effort. Le temps s'était dégradé avec la marée et nous n'avons croisé qu'un coureur à pied. Les parties de son corps à nu étaient devenues rouge écrevisse. Il fallait une raison valable pour traîner sur la digue à ce moment, ou être givré. Il n'y avait même pas de pêcheurs. Ça réduisait donc à presque nul le nombre de témoins.

Jérôme a fait signe de nous arrêter et j'ai mis pied à terre. Mes muscles étaient tétanisés et j'ai bien cru que mes jambes allaient se dérober sous moi. Nous avons caché les vélos dans les petites dunes puis nous nous sommes couchés à plat ventre dans le sable, autant pour reprendre notre souffle que pour évaluer la situation à travers les oyats. La caravane était posée tout près du bassin, sur une bande de terrain sableux à l'abri de la digue. Au loin, à cause du mauvais temps et des fumées, le *Cape Lotus* se confondait avec le quai, à en devenir presque invisible. La caravane, d'un blanc douteux, se découpait sur fond de cimenterie et de cheminées de raffinerie. L'endroit semblait désert. Nous avons attendu encore un peu. Un rideau a finalement bougé. Il n'y avait plus qu'à faire le tour de la caravane et à cueillir l'affreux. Pas de chance pour lui : Jérôme et moi avions renoué et il n'y avait pas mieux qu'un acte symbolique pour marquer le coup.

Ça s'est passé plutôt calmement. Nous nous sommes positionnés de part et d'autre de la porte et Jérôme a crié : « Cyril ! » Ça n'a pas réagi tout de suite. Jérôme a dû redonner de la voix. La porte s'est alors ouverte et Cyril s'est avancé sur le marchepied branlant. Sa tête était tout éraflée, un peu gonflée. Un gros pansement barrait son menton. Il nous a fixés tour à tour. Sur moi, son regard a glissé. Mais il a scruté Jérôme et son visage s'est comme éclairé. Je ne savais pas de quoi il était coupable exactement, mais ça crevait les yeux qu'il était coupable. « Espèce de salopard, a grondé Jérôme. Gilles, ça te dit quelque chose ? » Il a froncé les sourcils. « Tu parles du gamin qui traîne toujours par là ? Je l'ai peut-être bien croisé hier sur la route… Il ne lui est pas arrivé malheur au moins ? » À ce moment-là, Mona est apparue à une fenêtre. Cyril a remarqué que nous détournions le regard. Il s'est penché pour voir. Découvrant sa fille collée à la vitre, il a essayé de ne pas montrer son embarras. Il a reniflé, puis refermé la porte qui était restée ouverte. « Eh ! les gars ! il a lancé un ton plus bas. Vous n'allez quand même pas me chercher des ennuis ? Lui, là, qui dit rien. Et toi, avec ta perruque de carnaval ! Vous n'avez pas l'air très net, hein ? » Il faisait mine d'ignorer l'arme que Jérôme braquait sur lui. J'ai lancé un regard bienveillant à Mona. Je lui ai adressé aussi un signe de la main. Elle m'a très bien compris. C'était mieux en effet qu'elle tire le rideau.

Plutôt calmement, oui. Jérôme a fait un geste avec son fusil, disant : « Tu vas passer devant… », et Cyril est passé devant comme si nous partions aux champignons. À la queue leu leu, nous avons rejoint la route puis pénétré dans les dunes. Cyril ne semblait avoir aucune conscience du danger. Il agissait comme si rien ne pouvait l'atteindre. Toutefois, le silence lui pesait car il s'est mis à blablater. « Je ne sais pas ce que vous me voulez. Mais c'est pas le bon moment. Parce que tel que vous me voyez là, je ne me sens pas bien... Je viens de perdre un bon pote, il s'appelait Wilfried, il était pêcheur en surfcasting... Plus qu'un bon pote, c'était un frère... » Évidemment, aussitôt, j'ai pensé au pêcheur de Louis. Pas possible que deux pêcheurs soient morts la même semaine sur la digue. J'ai fait aussi un autre lien évident. Il faut être deux pour former un duo morbide. C'était forcément l'acolyte. « Alors, je ne sais pas ce qui est arrivé à votre Gilles, mais moi, je décline toute responsabilité ! » Jérôme l'a poussé durement avec son fusil. « Nous n'avons pas besoin de tes explications... Avance ! » Nous étions maintenant bien au-delà de la maison de Jérôme. Le blockhaus où se retrouvaient parfois les gamins était en vue.

Cyril nous a suppliés à genoux. « Vous déconnez, les mecs, hein ? C'est une blague ? Bon, d'accord, j'ai un peu bousculé le garçon, mais c'est tout... Il méritait une petite leçon, voilà ! Vous auriez sans doute fait la même chose à ma place ! On est pareils, vous et moi ! Partis de rien, on est arrivés nulle part ! La machine nous a broyés... Comme toi, Jérôme, je fabriquais des nuages ! Mais tu as pu aller au bout, jusqu'à la retraite ! Pas moi... Je n'ai pas eu cette chance. Alors, je suis peut-être normal en apparence, mais là-dedans à l'intérieur, c'est un beau bazar, croyez-moi ! » Nous n'avions aucun mal à le croire. Il s'était frappé la poitrine avec le poing. Ses yeux s'affolaient, allant sans cesse de l'un à l'autre. Son visage abîmé semblait enfler et rougir à mesure qu'il geignait. Encore un peu et il se serait mis à chialer. « On est tous dans le même panier ! On a tous morflé ! On est pareils ! il a insisté. On ne va pas commencer à se faire du mal, hein ? Il faut qu'on reste solidaires ! » Il était toujours à genoux. Comme ses paroles glissaient sur nous, il a changé tout à coup sa ligne de défense, gémissant : « Je veux bien tout avouer, même si c'est pas vrai, mais laissez-moi en vie ! » Jérôme a fait alors trois pas et lui a donné un grand coup de crosse sur le crâne, pas pour le tuer, juste pour l'endormir. Puis je l'ai attrapé par les jambes et traîné dans le blockhaus.

Quand nous avons eu fini, nous avons grimpé en haut d'une dune. Le plus pénible, ça avait été de porter les parpaings. Jérôme en avait quelques-uns derrière sa bicoque. L'affreux ne s'était pas réveillé. Nous nous étions relayés tout de même pour éviter les mauvaises surprises. Jérôme avait préparé le ciment sur une bâche. Nous contemplions le paysage avec le sentiment du travail bien fait. Jérôme ne pensait pas que nous aurions pu l'épargner, ça n'aurait été souhaitable pour personne. « Des fois, ai-je dit, Louis s'amuse à mettre un scarabée dans un bocal, et il joue avec lui… » Jérôme a penché la tête. « Et après, il le relâche ? » J'ai souri. « Ça dépend… Louis dit qu'il est méchant, mais pas toujours cruel… » Nous aurions pu en discuter longtemps, de savoir si c'était vraiment de la cruauté. À quoi bon ? Il fallait bien un jour mourir de quelque chose. Plusieurs minutes se sont encore écoulées. C'était calme. Aucun bruit à part le chuintement du vapocraqueur qui se mêlait à la musique de la mer et du vent. Cyril se réveillerait avec un beau mal de crâne. Charitables, nous lui avions laissé une bouteille d'eau. C'était le moment de partir. Mieux valait s'éloigner avant qu'il ne reprenne ses esprits. Cela m'arrangeait car j'avais un gros bateau à l'approche. Le *Cape Mary* battait pavillon Chypre et avait les mêmes mensurations que le *Cape Lotus*. Je ne pouvais pas être en retard. J'avais encore le vélo de Louis à récupérer dans les petites dunes et toute la digue à remonter. Ça serait plus facile cette fois, à moins que le vent, soudain, ne tourne.

28

L'expertise

Louis

Dimanche est arrivé, avec très tôt des familles qui se sont répandues sur la digue. Des voitures traversaient le pont et s'en allaient basculer de l'autre côté. Ce n'était pas qu'il faisait spécialement beau, mais le vent avait cessé de souffler et c'était le moment ou jamais d'en profiter un peu. De là à se baigner, il y avait un grand pas, que certains franchiraient quand même. Je trépignais. J'avais hâte de retrouver Mona et Gilles. Ça faisait trop longtemps que nous n'avions pas grimpé dans les dunes pour se moquer du monde. Après, nous ferions la queue devant la camionnette de Diego. Mona nous paierait une glace à l'italienne. Pour moi, ça serait comme d'habitude, vanille chocolat ! Plusieurs fois, j'avais voulu partir et Michel, intraitable, avait dit : « On verra… » Il avait insisté lourdement sur la question des devoirs. Est-ce que j'étais à jour ? J'ai fini par comprendre que ce n'était pas le problème. Il ne voulait pas que je parte traîner car nous attendions du monde. « Tu resteras là. Quelqu'un va venir. » Je me demandais bien qui ça pouvait être.

Michel m'a tenu à la culotte jusqu'à midi. Il a demandé alors que je mette la table, dehors au soleil. C'était vraiment un jour exceptionnel car nous mangions rarement hors de la vigie, pour des tas de raisons, comme le vent et la pollution. « Tu mettras trois assiettes… » Je savais compter ! J'avais compris que si nous recevions un visiteur, nous ne serions pas deux mais trois, et donc que je devais m'adapter à la situation. Il me fallait disposer sur la table de camping trois assiettes et tout le reste à l'avenant. Son insistance révélait une nervosité que je ne lui connaissais pas. M'aurait-il caché une relation sérieuse qu'il aurait eue avec une femme ? Il avait peut-être enfin pris un peu de temps pour lui. Après tout, entre deux bateaux, quand j'étais à l'école, il pouvait se divertir. J'étais très curieux maintenant. Ça m'amusait de penser qu'il était gêné, voire inquiet de ma réaction. J'ai fini de dresser la table et lui, de son côté, a sorti le barbecue et le parasol qu'il a fiché dans un support en béton. « On le dépliera si ça cogne… »

Il n'a pas tardé à lancer le feu. Je ne pensais plus à me carapater. C'était comme si Michel m'avait mis une laisse invisible. Même si je ne le montrais pas, j'attendais avec impatience. J'étais à guetter la route où les voitures défilaient toujours, mais le visiteur est arrivé à pied, par la digue. J'ai remarqué un homme en costume du dimanche, nu-tête et qui marchait très droit. Il était repérable de loin. Il s'est engagé sur le pont. Il portait une bouteille de vin. D'un pas sûr, aussitôt parvenu de l'autre côté de l'écluse, il a bifurqué et s'est dirigé vers nous. Michel, qui s'était noirci les mains avec le charbon de bois, s'est essuyé dans un torchon. Il y avait un peu de contre-jour qui m'empêchait de bien voir le visage de notre visiteur. À cause des cheveux, même quand l'orientation du soleil a changé, je n'ai pas réalisé tout de suite. Puis j'ai écarquillé les yeux d'incrédulité. C'était à la fois quelqu'un que je connaissais d'aujourd'hui et comme une vague image surgie d'un lointain passé. Mon regard a glissé vers Michel, qui ne s'est pas fendu d'une longue explication. « Dans le temps, Jérôme venait souvent nous voir. Nous sommes réconciliés. » Sur quoi, sans transition, il m'a reproché d'avoir mis la table à moitié. J'avais seulement oublié le tire-bouchon. J'ai couru le chercher à la cuisine.

Jérôme et Michel s'étaient réconciliés mais on ne pouvait pas dire qu'ils montraient beaucoup le plaisir que ça leur faisait. Ils parlaient peu et jamais longuement. Michel a cuit des côtes de porc et réchauffé dans la braise des pommes de terre de la veille. Je scrutais Jérôme. Je n'arrivais pas à m'y faire. Sans la perruque, par moments, je ne le reconnaissais pas. Heureusement, il y avait son sourire et ses petits clins d'œil qu'il m'adressait comme des réponses à toutes les questions que je me posais. Michel, lui, agissait comme s'il n'y avait rien d'étrange. Nous avons mangé en silence, ils ont vidé deux bouteilles de vin et puis ils en sont venus à discuter de l'érosion. L'érosion ! Jérôme ne s'en sortait pas avec le sable qui envahissait sans cesse sa maison, et il ne nous parlerait pas des escargots qui ravageaient son crépi ! la lèpre ! Michel, lui, son problème, c'étaient la pluie et le sel qui bouffaient ses cornières. S'il n'y prenait garde, bientôt elles se désagrégeraient complètement et les grandes vitres tomberaient toutes seules de la façade ! Cela exigeait une expertise immédiate et ils ont retroussé leurs manches.

Comme ce n'était pas évident depuis le sol, Jérôme a suggéré que nous sortions une échelle. Et le voilà qui s'est mis à grimper ! Avec de la rigueur, comme il disait, il a examiné les cornières, faisant sauter des copeaux de rouille avec l'ongle du pouce. « T'as pas que la rouille… Il y a aussi le béton qui s'effrite. Pour un peu, j'y enfoncerais le doigt ! C'est pas possible de supporter une telle usure ! » Michel était bien d'accord avec lui mais il pariait sa culotte que sa vigie serait encore debout quand il en aurait fini de manger les pissenlits par la racine. Jérôme et Michel n'auraient jamais passé les hautes vagues de leur chienne de vie s'ils n'avaient pas eu le moral à toute épreuve. Que j'en prenne de la graine… L'érosion, c'était comme le mépris des puissants qui usent les faibles à petit feu. Mais tu avais beau le savoir, et qu'en plus le combat était perdu d'avance, tu essayais de résister, il fallait résister, l'action empêchait de se considérer sans valeur… Je n'en revenais pas de leur bagou et de leur complicité. Ils étaient maintenant tous les deux sur l'échelle ! Qu'est-ce qui avait bien pu se passer pour qu'ils s'ignorent toutes ces années ? Était-ce possible qu'ils n'en aient pas souffert terriblement ? Et moi qui avais connu Jérôme en dehors de Michel ! Je me demandais s'il n'y avait pas là quelque manigance. Ils ont bougé l'échelle, la plaçant çà et là contre les façades. Et puis ça a semblé ne plus les amuser. Michel est descendu d'abord, puis Jérôme. Ils ont trinqué à nouveau, satisfaits. Quelques minutes plus tard, Michel se levait de son pliant et me disait : « Je vais te laisser un moment avec Jérôme. Il doit te parler… »

Après que Michel a disparu dans la vigie, portant toute la vaisselle sale sur un plateau, Jérôme a fait : « Bon… » Et puis il s'est passé encore un long moment où je suis resté suspendu à ses lèvres. J'imaginais qu'il lui revenait de me dire à quoi rimait tout cela. En fait, Jérôme avait de vilaines choses à m'apprendre et ne savait pas par quel bout commencer. « Je ne sais pas comment te le dire… Voilà… Un soir, ton copain Gilles s'est fait agresser dans les dunes… Il s'est réfugié chez moi et le lendemain il est reparti… » Jérôme avait comme Michel l'art du raccourci abrupt. « Gilles est rentré à la maison et il a découvert son père pendu dans le garage… Ça faisait quelques jours que Gilles trouvait que ça ne tournait pas rond… Son père était devenu trop gentil avec lui… » Jérôme m'a laissé digérer. Il restait du vin dans la troisième bouteille qu'ils avaient ouverte. Il s'est servi. Il a bu lentement. J'ai demandé : « Je ne reverrai plus Gilles ? » Il me faudrait sans doute être patient. Gilles reviendrait chasser le phoque dans le coin mais il ne serait peut-être plus tout à fait le même. « Voilà pour Gilles... C'est pas tout... » Son visage jusqu'alors marqué par une certaine rudesse s'est détendu légèrement. Le second volet de ses révélations était plus agréable, a priori, mais il comprendrait que ça me rende triste. « Le papa de Mona a retrouvé un emploi, et comme un bonheur n'arrive jamais seul, il a eu aussi une proposition de logement qu'il aurait été bête de refuser... Ils ont quitté leur caravane insalubre... » Ça faisait beaucoup de changements d'un coup. Je suis resté sous le choc un petit moment. Ça n'avait pas de sens. Ce n'était pas possible après ce que Mona m'avait raconté. Jérôme me mentait. « Encore une chose... Pour Gilles... C'est arrivé près de votre blockhaus... Ça serait bien de ne plus y retourner... » À cet instant, Michel est ressorti de la vigie et a lancé : « Tout va bien, les gars ? Ça vous dit de jouer aux boules ? »

Nous avons joué tout le reste de l'après-midi. Jérôme et Michel se chamaillaient, rivalisaient de mauvaise foi tandis que j'étais morose. Je pensais à Mona que je ne reverrais plus. Parfois, j'agaçais Michel. « Tu gobes la lune ou quoi ? » Au bout d'un moment, je les ai laissés jouer tous les deux. Mona n'était peut-être pas partie au bout du monde. Elle sentait bien qu'elle me plaisait. Elle m'aurait prévenu d'une manière ou d'une autre. Elle reviendrait me voir, et si ce n'était pas le cas dans un délai raisonnable, je partirais à sa recherche ! Je ratisserais tout le secteur à vélo ! Je voudrais lui dire... Mais comment pouvait-on dire une chose pareille à une fille ? Je voudrais lui dire que je l'aimais !

Ragaillardi, je me suis mis à leur ramasser les boules. Ils étaient dans une phase de taquineries. Ils ont salué mon dévouement et estimé que j'étais un garçon remarquable. Peut-être bien que j'étais sauvé ! Faut dire que j'étais choyé par leurs soins ! Ils m'ont chambré gentiment. Je souriais comme un benêt. Leurs paroles me passaient au-dessus. Jérôme a donné du coude dans les côtes de Michel, disant : « Eh ! il ne serait pas des fois amoureux, notre garçon ? » Michel m'a considéré, les sourcils froncés. « T'es sûr que tu m'as tout dit, Louis ? » Ils se sont mis à rire. « Si ça se trouve, c'est la Mona qui lui tourne la tête ! Mais Dieu sait où elle peut bien nicher maintenant... » Ça a fait tilt. J'ai failli tomber dans le piège. Ils auraient été trop contents. Ils savaient où était Mona, ça me paraissait évident. Jérôme m'a fait un clin d'œil. Il me suffisait d'attendre que ça leur plaise de me le dire. Mais quand Jérôme s'est penché à mon oreille, ça a été pour me demander : « T'as parlé à tonton de ton faucon ? » Je pensais que c'était comme un secret entre lui et moi. Non, je n'avais rien dit à Michel. « Ben tu vois, ça serait bien que tu lui en parles... Comme ça, si tu es sage bien sûr, nous irions le voir tous ensemble, ton faucon. » Avec ou sans perruque, Jérôme ne manquait pas de malice. « Même, il a ajouté, que nous pourrions proposer à Mona de nous accompagner. » Je ne me suis plus retenu. J'ai bondi de joie. C'était peut-être bien l'amour qui me sauverait.

conception
réalisation
mise en page
PCA
44405 Rezé cedex

IMPRIM'VERT®

Achevé d'imprimer
en janvier 2015
par Corlet imprimeur
14110 Condé-sur-Noireau

Dépôt légal : janvier 2015
N° d'imprimeur : 170219
Imprimé en France